249579

D1324921

SUR LE TOIT DES MAISONS
de Pierre Gobeil
est le soixante-dix-huitième ouvrage
publié chez
LANCTÔT ÉDITEUR.

SUR LE TOIT DES MAISONS

du même auteur

TOUT L'ÉTÉ DANS UNE CABANE À BATEAU, roman,
Montréal, Québec/Amérique, 1988.

LA MORT DE MARLON BRANDO, roman, Montréal,
Triptyque, 1989.

DESSINS ET CARTES DU TERRITOIRE, roman, Montréal,
L'Hexagone, 1993. Grand Prix du livre de Montréal
1993.

CENT JOURS SUR LE MÉKONG, journal, Montréal,
L'Hexagone, 1995.

Pierre Gobeil

SUR LE TOIT DES MAISONS

roman

LANCTÔT
ÉDITEUR

LANCTÔT ÉDITEUR
1660A, avenue Ducharme
Outremont (Québec)
H2V 1G7
Tél.: (514) 270.6303
Téléc.: (514) 273.9608
Adresse électronique: lanedit@total.net
Site internet : http://ww.total.net/~lanedit/

Illustration de la couverture:
Lauréat Marois, *Vue de Québec*, version n° 1, 1986. Collection
privée.

Maquette de la couverture:
Gianni Caccia

Mise en pages:
Folio infographie

Distribution:
Prologue
Tél.: (450) 434.0306/1.800.363.2864
Téléc.: (450) 434.2627/1.800.361.8088

Distribution en Europe:
Librairie du Québec
30, rue Gay-Lussac
75005 Paris
France
Téléc.: 43 54 39 15

Nous remercions le Conseil des arts du Canada de l'aide accordée à
notre programme de publication. Nous remercions également la
SODEC, du ministère de la Culture et des Communications du
Québec, de son soutien.

© LANCTÔT ÉDITEUR et Pierre Gobeil, 1998
Dépôt légal — 4ᵉ trimestre 1998
Bibliothèque nationale du Québec
ISBN 2-89485-078-6

EST-IL SENSÉ DE CROIRE en ces hypothèses qui veulent que les manèges voyagent et qu'une fois le solstice de juin passé, ils redescendent prendre leur place, là où nous les connaissons depuis notre enfance, dans le ciel de la Basse-Ville de Québec?

Mon histoire commence par deux questions. Impossible cependant d'y répondre autrement qu'en racontant ce que fut pour nous notre Société de géographie et parler de cette nuit où, après avoir traversé toute la ville sans toucher par terre, au matin, je n'étais plus tout à fait le même.

D'une saison à l'autre, le temps avait changé. Le vent s'était levé sur le fleuve. L'air, tout à coup, était devenu plus chaud, et je découvrais, presque en même temps que la grande roue tourne toujours quelque part, qu'elle est aussi trop grande et trop haute pour qu'on y puisse véritablement quelque chose et qu'il nous faudra bien reconnaître un jour qu'il est inutile d'essayer de la contrôler.

La Basse-Ville

Toutes les musiques... La plupart, nous les connaissions. Puis d'autres, des valses, des twists et des salsas... Nous dansions sur des airs avec des paroles et parfois nous allions jusqu'à fredonner des slows. Toutes les musiques, j'ai dit... De genres différents, avec des instruments différents et qui, à force de se répéter, finissaient par venir créer une suite de refrains assez forts pour nous faire perdre la tête. Parfois, une chanson, parce qu'elle était le dernier *hit* de l'heure, revenait plus souvent que les autres. Mais un refrain pouvait avoir du succès même s'il n'était pas récent, et il n'est peut-être pas exagéré de dire que les chansons les plus appréciées étaient celles que nous avions connues à la radio pendant les années soixante. Elles passaient. Puis revenaient. Folles et troublantes à la fois, si bien qu'après un certain temps, on se rendait compte que les chansons, lorsqu'elles étaient mises bout à bout dans une soirée comme ça, elles acquéraient une sorte de pouvoir et venaient nous ensorceler.

Un bal, un soir de fête...

Avec des danses se rattachant les unes à la suite des autres et qui vont durer toute la nuit. Vers deux heures, d'un peu partout dans la salle, on se risque à demander des titres. Il y a le fracas que font les verres et celui des chaises lorsqu'elles se frappent entre elles et ce qu'on peut remarquer c'est que tout le monde parle en même temps. À notre table, il avait demandé *Le temps des cerises.* Un peu plus loin, quelqu'un voulait entendre *New York New York*, après *Color my World...* et parce qu'il nous semblait possible d'obtenir tout ce qu'on voulait sur-le-champ, les titres étaient criés de part et d'autre et, pour les plus chanceux, presque saisis au vol. *New York New York* avait été accepté tandis que *Le temps des cerises*, que l'orchestre ne connaissait pas, avait été refusé. Il y avait eu des airs de Souchon, des musiques américaines, et lorsque la fête fut amorcée pour de bon, parce que le groupe s'était lancé dans une suite de trois ou quatre brésiliennes bien rythmées, tout le monde avait quitté sa chaise au même instant pour ainsi marquer un temps fort dans la soirée.

On avait modifié l'éclairage, remonté d'un cran les amplis... En plus, grâce à d'énormes ventilateurs fixés aux quatre coins de la salle, on avait réussi à inventer un décor mobile et changeant qui faisait que tout ce qui avait été accroché au plafond descendait pour s'en venir tourner avec les danseurs. L'atmosphère sentait déjà les vacances. Et puis nous étions à la veille du premier jour de l'été, nous allions avoir seize ou dix-sept ans ensemble et, pour

ne rien gâcher tout de suite, les résultats des derniers examens ne seraient pas connus avant la
première quinzaine du mois d'août.

Existe-t-il encore aujourd'hui un bal de fin
d'année où les jeunes chantent et dansent sur un air
comme *Le temps des cerises*?

Comment répondre à une question comme
celle-là?

C'était l'école secondaire Saint-Jean-de-la-
Croix, je ne l'avais pas dit. Tous les élèves, à quelques exceptions près, s'apprêtaient à partir pour le
cégep, une institution spécialisée ou à continuer
leurs études dans une ville plus grande que nous
avions l'habitude de désigner simplement par
«ailleurs». Les chansons que nous aimions étaient
celles que nous entendions à la radio et plus on
avançait en heure, plus on entendait des cris, des
rires ou des blagues qui, presque toujours, étaient
dirigés vers l'orchestre.

Existe-t-il aussi, quelque part sur la planète, un
bal de fin d'études qui nous laissera imaginer, ne
serait-ce que le temps d'une chanson, de quoi sera
fait le jour suivant?

Les lumières brillaient, les verres circulaient
d'une table à l'autre et les musiques, choisies pour
l'occasion, allaient sans faiblir, des twists aux valses
et aux salsas, et puis revenaient dans le même
ordre, des twists, des valses et des salsas, si bien que
dans la mêlée générale, compte tenu de ces brus-
ques changements de rythme, on avait parfois
l'impression très vive d'être dans un film ou d'avoir

déjà vécu ce même moment de la soirée. À cause de la place et de la régularité des morceaux sans doute? Peut-être aussi à cause des robes et des cravates, des guirlandes accrochées au plafond et du fracas que faisaient les bouteilles lorsqu'elles venaient se frapper l'une contre l'autre. Nous avions tous des projets de voyage. Après les derniers examens, plusieurs avaient étrenné leur première voiture, et nous nous réunissions à la veille de ce que nous appelions les grandes vacances d'été. Le bal du vieux gymnase, ce n'était qu'un prétexte pour d'ultimes retrouvailles en somme et jusqu'à deux heures du matin, rien n'avait encore terni l'éclat de ce qui était en voie de devenir notre fête la plus réussie de l'année.

Il y eut *Blue Suede Shoes, La vie en rose* et *Let It Be.* Il y eut d'autres rocks, un semblant de valse compliquée qui faisait que ceux qui allaient trop vite se cognaient sur leurs voisins, puis un ensemble de twists qui, parce qu'ils étaient faciles à danser, avaient déchaîné tout le monde.

Il y eut *Gigi l'amoroso, Hey Jude, Pourquoi donc as-tu brisé mon cœur*, des airs qui se faisaient rassurants tant ils nous semblaient démodés, pourtant lorsque l'orchestre s'arrêta net parce que dans la confusion générale nous nous étions mis à rouler sur le plancher, on sut tout de suite que quelque chose venait de changer.

C'était des danses et des rires, puis ce fut brusquement le fracas des verres qui éclatent et des chaises que l'on renverse. C'était des robes blanches, des cols empesés et des fleurs sur les tables...

puis tout à coup on se retrouva dans la cohue avec du sang sur les chemises et des blessés. Il y eut des cris.

Peut-être les belligérants préfèrent-ils les fêtes belles, celles où l'on se laisse prendre aux accords des chansons, pour se manifester ? Et peut-être aussi que les responsables de l'organisation exagèrent-ils leur sens des responsabilités et sautent-ils sur le premier prétexte venu pour faire sentir leur autorité ?

Dans le fond, au milieu de la soirée, ça n'avait pas beaucoup d'importance tous ces détails que je donne comme vrais mais sans plus vraiment savoir. Aussi, pour passer rapidement à autre chose, les musiciens entreprirent-ils de nous poursuivre avec des airs qui portaient nos coups en dérision comme lorsqu'il y a de la bagarre au hockey : *À qui le p'tit cœur après neuf heures*, *Je t'aime moi non plus...* Vous voyez bien, ce genre de chansons, celles qui viennent alléger l'atmosphère et permettent aux autres de continuer. Ainsi la fête dura-t-elle encore un temps, peut-être plus rieuse et plus folle qu'avant, allant même jusqu'à laisser tomber par la suite ce petit côté *stuck up* qu'on retrouve toujours en début de match, cette heure stratégique où les filles surveillent l'effet de leur robe, et les garçons, les points noirs sur leur menton.

Il y eut *Doiou Doiou Saint-Tropez*, *Stranger in the Night* et *Because*, les chansons s'enchaînant les unes à la suite des autres sans jamais laisser de répit. Il y eut *Quand le soleil dit bonjour aux montagnes*, *Donne-moi ma chance* et *Manon, viens danser le ska*, dans le genre western, amour et folie, et la soirée continua dans le même ordre, comme s'il ne s'était rien passé, ou plus justement comme si, chacun sachant par expérience que c'est le dernier cliché accolé à un événement qui finit toujours par en dessiner les contours, il était plus sage d'oublier.

□

Aujourd'hui, je suis porté à croire que ce que j'ai d'abord décrit comme un simple intermède a probablement duré beaucoup plus longuement et que ce qui m'était apparu n'être, dans un premier temps, qu'un incident de parcours, s'avéra par la suite un élément capital d'une journée qui, elle, devait aboutir ailleurs, avec une suite d'événements insoupçonnés qui se répercutent encore dans ma vie. Peut-être aurais-je dû comprendre dès le début? Même dans les toilettes de l'école, je n'imaginais rien encore, et lorsqu'après notre bataille il avait souhaité rejoindre les danseurs, comme n'importe quel observateur, j'avais fini par croire qu'il n'était rien arrivé.

Le bal de fin d'année à l'école Saint-Jean-de-la-Croix dans la Basse-Ville de Québec, j'ai dit. On chante, on danse, on crie; il y a de l'alcool sur les tables et comme n'importe quel observateur ignorant de la chose, à cause des musiques et des lumières, on est prêt à s'imaginer que tout va bien. Ou que oui... Qu'il y a bien eu quelque chose, certes, que ce soir-là, un serment a été trahi... mais que tout cela est arrivé à quelqu'un d'autre, dans une autre ville ou dans un autre collège... «ailleurs», comme nous désignions le plus souvent tout ce qui n'était pas immédiatement autour de nous. Comme si, dans le fond, les gestes que l'on pose, comme les mots que l'on prononce, tout ça n'avait pas vraiment d'importance.

□

Du sang coulait le long de son bras pour s'en venir tomber sur le linoléum du plancher. Cela étonne toujours de voir combien une petite déchirure peut faire de dégâts des fois, et après quelques aller-retour où il n'essayait même plus de protéger son épaule, il s'était mis à ressasser les projets dont nous avions rêvé. Il donnait le nom des ports. Il parlait de Cayenne où nous nous étions juré d'accoster. Sans logique apparente, il rapportait que le bruit courait en ville que le cirque du mois d'août allait s'installer sur les plaines et durer tout l'été. Avec le recul, j'en suis venu à croire que c'est à cet instant précis qu'il a pris sa décision. Quand j'ai avancé que nous ferions mieux d'oublier toutes nos histoires et qu'il a fait un geste pour m'arrêter. Quand j'ai répété pour une millième fois qu'il fallait qu'on se montre raisonnable. Et puis lorsque je suis resté debout entre les lavabos sans rien dire et qu'il s'est mis à frapper sur le comptoir avec son poing.

Je me rappelle les taches sur le carrelage et l'éclat des gouttes d'eau sur sa peau à ce moment-là. Et puis je me rappelle sa chemise déchirée, ses cheveux défaits et une raideur encore perceptible dans son bras lorsqu'en reprenant son souffle, il a dit :

— O.K. Ça va maintenant...

Puis il y eut d'autres musiques et la soirée se poursuivit encore un temps avec ses danses et ses cris, exactement comme si ce n'avait été là que la séquence d'un film qui se serait répétée.

☐

Parce que c'était le bal des finissants, des groupes, des filles surtout, avaient accroché des ballons et des rubans de couleur aux colonnes le long des murs.

On avait installé des lanternes et des guirlandes au plafond, des serpentins argentés pendaient aux tringles métalliques des soupiraux et, au début, le moins que l'on puisse dire, c'est qu'on n'avait rien négligé pour s'inventer une fête pour vrai.

On avait monté des écrans sur des tréteaux, mis des papiers aluminium dans les fenêtres et rassemblé les casiers de telle manière qu'on avait réussi à créer plus d'espace pour les danseurs. On avait modifié l'éclairage en installant des ampoules aux couleurs de la saison et pour ne pas être en reste, des quatre coins de la salle, d'énormes ventilateurs venaient nous rappeler que nous étions maintenant libres de nos mouvements et, qu'en ce dernier jour d'école où le temps s'était réchauffé, nous nous retrouvions devant cette première nuit d'été comme si ce devait être là la plus belle nuit de toute notre vie. Nous ne pouvions pas danser sans pousser de cris, nous n'arrivions pas à nous en empêcher et à partir d'une heure précise, les cris faisaient véritablement partie des chansons. C'était plus fort que nous. Il faut dire que c'était tentant de se laisser aller au rythme de l'orchestre trônant au centre du grand gymnase pour nous en mettre plein la vue. Ceux qui ne voulaient pas danser tapaient des mains et pendant les changements de chansons, si les essais se prolongeaient indûment, tout le monde se mettait à hurler. C'était fantastique et drôle ces moments-là qui semblaient vouloir durer l'éternité; ça donnait des frissons dans le dos quand ils revenaient trop souvent. Je me rappelle, on aurait dit des loups... Peut-être était-ce ce que nous étions devenus en quelque sorte: une meute de loups grisés par l'odeur du sang et éblouis par le rugissement des batteries? Partout sur la scène, des feux d'artifice allumaient des bouquets d'incendie. Avec la projection des poursuites automobiles extraites de films de casse, la chaleur et l'alcool retournaient les filles comme des toupies et puis, des fois, les garçons les plus farauds les faisaient sauter en l'air en faisant mine de ne pas les rattraper. C'était fantastique et drôle ces temps-là qui revenaient toutes les vingt minutes environ, on aurait dit des magiciens. L'arrivée de l'été était prévue pour quatre heures treize le jour même, précisément avec le lever du soleil, et à cause de cette coïncidence, nous étions certains que la fête allait durer toute la vie.

☐

Il parlait d'une rencontre plus ou moins secrète qui devait se tenir au bord du fleuve avec les pieds dans l'eau. On comprenait difficilement, mais on sentait que c'était sérieux. Il parlait de ce rêve de toujours nous enfuir pour traverser une forêt de montagnes lorsque nous étions petits. Et puis il répétait que Cayenne ne devait plus attendre, qu'on ne règle rien pendant la nuit et que les choses, si petites ou grandes soient-elles, arrivent avec le matin. Peut-être fallait-il profiter d'une saison qui commence pour aborder quelque chose de neuf?

Je voyais bien qu'il était troublé. Aussi les premiers cafés commençaient-ils tout juste à être servis qu'il a voulu partir. Il a ramassé une bouteille et puis, après avoir fait ses salutations, a dit: « Viens que l'on déguerpisse... » qui furent ses mots. Et nous avons laissé là les derniers danseurs et nous sommes sortis. Par la porte, comme tout le monde. En marchant dans le noir, comme n'importe qui aurait pu le faire pour prendre l'air, goûter de grandes lampées d'alcool à même le goulot, indifférents au mot « déguerpir » qu'il avait lui-même employé... et, du moins en ce qui me concerne, totalement ignorant de ce qui allait advenir par la suite.

Est-il permis de croire que si l'orchestre avait joué sans s'interrompre, s'il n'y avait pas eu ce malentendu, cette histoire de voyages et de café, est-il permis de croire qu'il n'aurait pas souhaité que l'on s'en aille, que l'on sorte sur le parking et que tout cela, la danse, la course, la fuite dans la nuit et le mot «déguerpir», que tout cela ne se serait jamais produit?

Dans les toilettes de l'école, il insiste pour que nous restions ensemble, il est certain que nous pourrions toucher quelque chose de neuf ensemble, et lorsqu'il me décrit un territoire plus grand et plus beau que le soleil, pour tenter d'effacer ce qui s'était passé quelques minutes plus tôt, je fais celui qui ne comprend pas.

Et tout va s'enchaîner à partir de là. Avec son pied à plat sur le pare-chocs d'un camion, s'accrochant aux carrosseries des voitures, puis sautant de l'une à l'autre et traversant du coup toute l'étendue du parking.

Est-il possible de penser que si j'avais fait un geste pour le retenir — je ne sais pas, lui dire: «Demain»... ou bien juste lui demander encore une fois d'être plus raisonnable, parce que parfois ça marche répéter un message, ne dit-on pas que cela fonctionne ainsi en publicité —, est-il sensé de croire que cette nuit de juin aurait pu se dérouler autrement et que, malgré la bataille, la fatigue et tous ces rêves que nous avions échafaudés, nous n'aurions pas assisté à ces événements tragiques qui allaient se produire avec l'arrivée du matin?

Sur l'heure, ceux qui ont organisé l'événement pourraient être plus précis. Cela fait partie des statistiques. Nous avons franchi les portes juste après qu'on ait déplacé les tables de la salle et avant qu'on ne monte le buffet sur les nappes de papier. On avait augmenté l'éclairage et tout de suite après des petits groupes s'étaient alignés devant les machines à café. Pour la seconde fois de la soirée, laissant toute la place aux protestations et au bruit des chaises que l'on déménage, l'orchestre avait joué un air plus doux puis s'était tu. Il y eut alors un malaise, parce que, du coup, le silence et un éclairage trop fort nous avaient ramenés à la rixe. On avait déplacé discrètement des tables avant que l'orchestre ne cesse de jouer. Et tout à coup, l'éclat des néons venait nous piquer les yeux.

Pour l'heure, il faudrait demander à ceux qui ont préparé la finale. En général, ces gens-là consignent tout. Quand on leur demande pourquoi, ils répondent qu'il y a des gardiens à payer et si l'on insiste, en faisant celui qui veut vraiment savoir, ils diront qu'une soirée comme celle-là exige un budget et que lorsqu'il y a de l'argent en jeu, on doit prendre des notes.

Ni lui ni moi ne faisions partie de leur organisation.

Je me rappelle une voiture qui passait et qui a klaxonné. Quelqu'un a crié. Il a escaladé un autobus arrêté près d'un garage au fond d'une ruelle. Et je me souviens des lignes blanches fraîchement repeintes sur l'asphalte noir, mais que personne n'avait respectées.

Deux heures, ou peut-être plus? Comme nous franchissions les portes de l'école, l'orchestre s'était décidé à jouer le *Color my World*, du groupe

Chicago. Une fois dans la cour, nous entendions résonner derrière nous les mots de cette chanson de Michel Rivard qui voulait que Don Quichotte soit revenu... Pour l'heure exacte, c'est difficile à dire. L'air sentait bon le mois de juin, un Jeep qui passait a klaxonné en nous voyant nous enfuir, et tout à coup, les choses se mirent à aller tellement vite que ce fut comme si nous n'étions plus responsables de rien, ou que quelqu'un quelque part avait déjà établi un plan.

Parce qu'il nous a fallu bien peu de temps, il me semble, pour grimper sur un camion, basculer sur le toit d'un autobus, et lui, comme s'il cherchait à oublier des mots qui avaient bien failli nous séparer, relever sa manche et me donner la main.

□

Que dire d'autre d'un bal de secondaire 5 où, plus nettement que les autres années peut-être, les derniers liens nous unissant à l'école allaient se rompre précisément avec l'arrivée de l'été?

C'est le jour le plus long. C'est la nuit la plus belle. Dehors, le décor regorge de petites feuilles vertes. À l'intérieur, toute l'école astiquée, propre et ornée nous accueille dans une salle où, pour faire moins gymnase, on est allé jusqu'à décrocher les paniers de basket. Mais on a beau se préparer à l'avance, il manque toujours quelque chose. Et en fin d'après-midi, nous voilà à courir dans toutes les directions lorsque pas moins de quatre voitures sillonnent la ville sans s'arrêter.

Pour la première fois de l'année scolaire qui s'achève, tout le monde a participé d'une façon ou d'une autre à la préparation de la fête. Et on ne compte plus les aller-retour dans Québec, piquant des pointes aussi loin que Beauport ou Valcartier pour que tout soit prêt.

C'est le mois de juin.

Il y a des cocktails, de la bière et du vin. Les plus débrouillards, ou les plus riches, tiennent bien au frais dans leur voiture des bouteilles de champagne enroulées dans des serviettes. Les filles, toutes, portent des robes à crinoline et, pour marquer le coup, les garçons ont sorti leur cravate. Ça fait années soixante, on le sait, mais il y en a qui disent qu'un bal de fin d'année «ça ne peut faire qu'années soixante» et que, de toute façon, on n'y échappe pas à cette règle que l'école reste toujours l'école, l'été, le même, puis, comme c'est le cas pour les choses importantes de la vie en général, qu'il existe un rite de passage et qu'il va bien falloir le franchir en flottant entre les images d'un film américain.

L'orchestre jouait *Love Me Tender* et tandis que tout, autour de nous, laissait présumer que nous ne serions plus jamais les enfants que nous avions été, les musiques d'hier nous rappelaient que, dans le fond, rien n'avait véritablement changé depuis cette époque des culottes courtes où nous nous égarions dans les rues de la Basse-Ville.

Pour nous éblouir, les valses nous emplissaient la tête. Au milieu de la salle, tels des acteurs, trônait l'orchestre. Et en s'approchant discrètement de l'estrade, ou parfois même en criant de loin, on demandait des chansons.

Bien sûr, il y avait eu cet accroc mettant en cause deux des plus éminents membres de la Société de géographie, mais il y en a qui disent également qu'un bal de finissants ne peut être qu'une soirée comme ça, une de celles où l'on en profite pour se remémorer des gestes tendres ainsi que pour boucler ce qu'en cours d'année on n'a pas réglé.

Encore des exemples pour les chansons? *Blue Suede Shoes*, *Dolores*, et puis ce très beau slow qui avait duré trop longtemps mais que nous avions chanté avec émotion : *Ton visage*... Je pourrais dire que toute la nuit avait été comme ça, et qu'on y était allé sans réserve, or ce ne serait pas tout à fait juste parce que nous gardions une espèce de raideur entre nous et tous les élèves de l'école Saint-Jean-de-la-Croix avaient dû ressentir un certain malaise en s'abandonnant au côté tendre des chansons.

Nous allions avoir seize ou dix-sept ans ensemble.

Nos vies seraient-elles une suite de séquences qui tourneraient sans s'arrêter et dont on ne pourrait dire, finalement, que «seuls les noms ont été changés»? Ou est-ce plutôt l'inverse de ce qui se passe au cinéma qui allait se produire, que chacune des minutes que nous aborderions serait unique et sans ressemblance avec aucune autre, que

tout ce qui nous arriverait serait entièrement nouveau, et que l'ensemble, une fois complété, n'aurait
rien à voir avec ce qu'on avait d'abord imaginé?

L'avenir serait-il une suite de séquences qui
viendraient et reviendraient, qui se croiseraient et
dont on ne saurait, finalement, jamais rien de plus
que cette formule qui nous invite à la patience en
répétant constamment «même heure, même poste,
la semaine prochaine»?

Il est probablement impossible de trancher des
questions comme ça. Tout va tellement vite parfois.

Le fond de l'air s'était transformé, si bien,
qu'une fois dehors, il s'était mis à courir sur les
voitures alignées pour redevenir, pendant quelques
heures encore, le président du club qu'il avait lui-
même fondé.

La nuit avait des pouvoirs étranges.

C'était *Color my World* en mettant le pied sur le
pare-chocs d'un camion. *Season of the Witch* en
traversant le parking dont les lampadaires se reflé-
taient sur des capots déjà luisants d'humidité. Et
puis un air ancien dont on avait oublié le titre
lorsque, tout à coup, on se rendit compte qu'avec
les mots, on s'était perdu dans la nuit.

Les étudiants du cinquième secondaire étaient-
ils tous fermement décidés à changer de vie avec la
saison qui commençait? Et puis un soir comme
celui-là, ces élèves du royaume des autobus scolaires, comme nous les appelions gentiment,
garderaient-ils jalousement en tête les rêves que
nous avions faits pendant nos soirées du mercredi?

À un moment donné, comme on pensait à eux, une Ford Mustang remplie d'étudiants avec tout son tintamarre virait à l'angle d'une rue lorsqu'il a dit :

— S'ils reviennent par ici, on leur crache dessus.

Mais la voiture s'éloigna vers Charlesbourg, comme un cirque en maraude, et le bruit de sa ferraille brinquebalante s'enfonça dans le noir.

En cette nuit où rien n'était sérieux, nous supposions qu'un tel était parti avec une telle, que le fils de Monsieur Celui-ci avait perdu les clés de voiture de Monsieur Celui-là ou que Ti-Pit Lavigueur, premier de classe et téteux de profs toute catégorie, avait vomi tout son Kool-Aid sucré sur la robe d'Isabelle Côté qui, elle, réservait « un samedi par mois » à des « séances d'informations Tupperware ». Le plus drôle, c'est lorsqu'il avait déclaré que la sœur directrice de la chorale était sûrement, à cette heure-ci, en train de dépuceler l'appariteur vietnamien qui venait d'arriver et le plus surprenant de l'affaire, c'est lorsqu'il avait juré que certains professeurs avaient exigé qu'on décroche les paniers de basket de peur qu'on les fourre dedans. La menace, bien sûr, était une blague. Pourtant nous restions convaincus que cette nuit qui ne ressemblait à aucune autre serait remplie de sortilèges, et que du crépuscule à l'aube, tout pouvait arriver.

L'horloge de la Macdonald-Cartier tournait comme un carrousel dans le noir. Lorsque nous levions les yeux, les remparts allant d'est en ouest se dressaient telle une meringue accrochée à un gâteau de mariés. Et puis un vent nouveau, parti de nulle part, un vent qu'on aurait dit tout le temps changeant et venu de partout à la fois, pénétrait sous nos chemises et voulait nous emporter.

Aurions-nous assez de temps pour traverser la ville, atteindre les plaines et toucher du bout des doigts, comme il nous semblait encore possible de le faire, les premières heures du matin?

Et puis une fois devant le jour, est-ce qu'il nous faudrait continuer encore, marcher ou avancer encore, comme si le gouffre devant lequel nous nous étions placés n'était rien de plus qu'un interminable chemin?

Nous allions par ces rues où les maisons sont basses et comme il s'y rattache le plus souvent un garage ou un appendice, il est facile d'imaginer qu'on puisse toujours aller plus loin. Ainsi, d'un toit pentu à un toit lisse, d'une shed en bois à un échafaudage métallique, au début, nous sautions sans difficulté. Comment? C'était d'aller par les toits sans jamais mettre le pied à terre, et pourquoi? C'était lui qui, le premier, avait parlé d'un rendez-vous au bord du fleuve, d'une musique flottant au-dessus de la ville et de remise en question. Il n'avait plus insisté, mais une fois la règle établie, il fut clair que si pour une raison ou une autre il avait voulu renoncer, c'est moi qui me serais mis à soutenir que nous devions aller jusqu'au bout de l'entreprise, que ce monde autour était le nôtre et qu'il ne faudrait jamais s'arrêter.

Je me rappelle que du pare-chocs d'un camion au capot d'un autobus, de la couverture d'un garage jusqu'au faîte d'une église, tout nous semblait facile. Les constructions s'enchaînaient les unes à la suite des autres comme un gros mécano et lorsque à cause d'un feu ou d'une démolition, notre entreprise s'avérait plus hardue, on trouvait toujours un madrier ou une échelle, un bout de corde ou une clôture de planches à laquelle nous raccrocher.

Des poteaux de bois et des fils électriques rehaussaient la cime des arbres. Des boules rondes, montées par des entreprises publicitaires pour Julep qui vend des jus d'orange, cherchaient à créer, rien qu'en déployant leurs bulles lumineuses dans le ciel, une impression de bonhomie et de santé. Et si dans un premier temps nous avions imaginé l'ensemble des toits comme un vaste champ rectiligne et plat qui faisait penser à la mer, nous allions découvrir par la suite que tout le dessus de la ville était parsemé d'obstacles dressés à la verticale, se dissimulant comme des ombres ou bien se profilant comme des fantômes dans la nuit.

Il y eut des cheminées d'usines, des surfaces rugueuses et des pignons pointus. Il y eut des coupoles métalliques, des recouvrements lisses et des coins où des cordes à linge se croisaient au-dessus des ravins. En s'approchant de la falaise, nous découvrîmes un paysage de terre en friche que quelques lampadaires réussissaient mal à éclairer. Et sur le versant nord des bâtiments, dans les interstices des tuiles disjointes et des briques vermoulues, des commencements de pourriture et de mousse vert-de-gris s'infiltraient.

Comment parler de notre départ, décrire notre montée ou bien cette période précise où nous avons cru pendant un instant que tout nous était permis?

À cette heure où s'entremêlaient les mouches à feu et les lampadaires des rues, il allait les mains dans les poches... et j'imaginai un gamin qui joue, qui flâne ou qui ne sait trop, sur le chemin de l'école, par exemple, si c'est dimanche et qu'il n'a rien à faire... et je pensai aussi du même souffle que cette nuit qui nous était donnée serait plus belle que les autres et, qu'en un sens, elle ne se terminerait jamais.

À peine percevions-nous le bruit de nos pas en marchant. Parfois nous parlions et riions tout bas, et parfois nous ne parlions pas. En cette fin d'année, ce n'était pas les sujets qui manquaient. Pourtant, on aurait dit que tout ce que nous avions vécu depuis dix mois ne comptait pour rien dans l'air du soir et qu'une fois devant l'immensité du ciel, certains mots, comme certains gestes, devenaient superflus.

☐

— Tu penses qu'on pourra grimper la falaise jusqu'à la grotte, et puis, de l'autre côté, voir se lever le soleil?

Il était certain qu'on trouverait des chemins. À la Société de géographie, il s'était déjà déclaré content d'être né dans un pays où les lacs sont aussi grands. Il avait campé tout seul dans la forêt de Chibougamau, un été, des semaines sans voir personne et puis c'était lui qui avait été le premier à construire une cabane au flanc d'une paroi rocheuse à Sagard, un village du Saguenay, rivière qui coule vers Tadoussac et dont les rives sont si escarpées qu'on y retrouve jusqu'à des requins, des bélugas et des milliers d'espèces de petits poissons.

— Tu penses qu'on pourra survoler la ville, vaincre nos peurs et voir apparaître, en même temps, et les montagnes et le fleuve? Tu crois qu'on pourra reconnaître le cri des oiseaux?

Sans raison valable, il craignait que la nuit ne soit trop courte et il semblait prêt à forcer la chance même lorsque, dans la noirceur, les distances s'avéraient impossibles à évaluer. Une teinte changeait à cause d'un réverbère, disparaissait ou nous semblait plus proche qu'en réalité selon la façon dont frappaient les rayons de la lune sur le versant d'un toit. La nuit pouvait aussi se transformer à cause d'une musique, d'une enseigne qui s'allume et s'éteint, et nous étions forcés de constater que la surface des couvertures dépendait directement de la composition des matériaux qui eux allait de pair avec l'âge des maisons.

Se pouvait-il qu'à cette heure il y ait des gens qui ne soient pas encore au lit? Nous allions en silence, et lorsque nous entendions des notes couler d'une fenêtre ouverte, nous nous arrêtions pour écouter et prendre le temps de penser à ceux qui, en cet instant précis, se laissaient bercer par les mêmes instruments que nous.

— Tu penses que c'est un crime que de marcher sur le toit des maisons?

— Si l'on regarde à l'intérieur, oui.

— Tu crois que cette musique qu'on entend par les fenêtres ouvertes, tu crois qu'on peut l'écouter?

Un air léger sortait d'une petite lucarne percée sur le versant pentu d'un vieil hôtel à recycler. À cause de l'heure tardive et des enseignes éteintes, pour la plupart, les lampadaires nous semblaient à cet endroit-là plus brillants qu'ailleurs et pendant un instant, à cause des notes glissant entre les corniches et les encorbellements, nous eûmes l'impression de flotter au-dessus d'une ville magique.

Nous imaginions une jeune fille, seule, et qui ne veut pas dormir. Le jaune électrique mêlé au noir de la nuit devient bleu, et puis nous cherchions à suivre des yeux ces notes qui tombent des fenêtres, qui rebondissent sur les toitures et puis qui grandissent jusqu'à recouvrir toute la planète.

Comment donner des détails?

Les cheminées sont belles, hautes et magnifiques. De loin, elles sont tout ce qu'il nous reste pour faire le décompte des stations. La plupart d'entre elles dorment quand c'est l'été. Pourtant, sur notre route, pas moins de trois cheminées d'usines nous escortent de leurs fumées hallucinogènes et nous nous mettons à croire en l'existence de ces anges qui veillent et qui nous protègent.

Les rues ressemblent à des trains de couleur qui dessinent des boucles lorsque ces rues viennent se rattacher à des autoroutes. Nous cherchons à les identifier par leurs noms, mais parce que la ville sombre dans la brume, nous ne trouvons pas.

Parfois, toute une ruelle disparaît sous nos yeux.

Aussi, nous plions les genoux, nous étirons les bras. Pendant un instant qui peut paraître une éternité, nous penchons la tête ensemble comme des chiens qui chercheraient à rétablir un lien entre le gibier en fuite et son chasseur.

Nous retenons notre souffle.

Et perdus dans le fracas d'une ville qui s'apprête à abandonner jusqu'au moindre détail de ce que nous connaissons d'elle, nous ne parlons pas.

Parce que quoi dire, parce que qu'est-ce qu'il faut dire, ou bien qu'est-ce qu'il faut faire ou entreprendre, quand demain ce sera l'été, qu'on a prévu marcher dans l'eau du fleuve et partir sur le dos d'un rorqual ensemble, mais qu'on a peur de ce qui va venir et qu'on ne sait pas au juste pourquoi on a tellement peur?

De la rue de Verdun à l'avenue Bigaouette, et de la rue Mazenod jusqu'à ce qu'on arrive en vue du Mall Saint-Roch, pour ne rien perdre de notre enchantement, nous avançons sans parler. Nous marchons avec le bras à l'épaule, la main ouverte, sans toujours chercher à dire plus, à expliquer, et sans vouloir faire des blagues non plus. Nous allions la main ouverte, l'ai-je dit? Comme des danseurs, nous relevons la tête ensemble. Nous nous appuyons le dos contre le mur. C'est vrai tout ça. Nous relevons la tête ensemble, nous nous appuyons le dos contre le mur... et nous ne parlons pas. Comme des somnambules encore, nous étirons les bras par en avant pour tenter de garder l'équilibre et, peut-être aussi, venir toucher du bout des doigts ce que nous croyions être des gammes perdues dans le soir.

Je me rappelle que, lorsque l'un des deux mettait plus de temps que l'autre à grimper, celui qui avait pris de l'avance attendait. Il y avait de ces moments d'équilibre où, pour ne pas se perdre de vue, nous cessions d'avancer. Aussi, nous nous assoyions sur nos talons, comme nous le faisions parfois dans la cour d'école. Nous nous appuyions le dos contre le mur, comme nous le faisions pour écouter des disques, et si l'un des deux voulait se remettre à marcher trop vite, l'autre lui touchait la main. Je crois que ça voulait dire que nous devions profiter de l'instant, respirer tout l'air possible et chercher, du mieux que nous le pouvions, à retenir dans notre main ce à quoi nous avions rêvé. Était-ce possible? La ville s'étendait à nos pieds et il y eut, comme ça, plusieurs minutes au cours desquelles nous n'avons pas eu besoin de parler dans le noir.

Ainsi, de la rue Laviolette à l'Hôpital général situé au bout du boulevard Langelier, et de la rue

Saint-François jusqu'aux portes du Mall qui abrite les promeneurs en hiver, nous avançons en silence. Quand l'un des deux glisse ou trébuche sur un obstacle, l'autre le retient.

Nous allons avec le bras à l'épaule et quand l'un des deux ressent un malaise, ou que l'un des deux se déchire la paume de la main sur une planche qui dépasse par exemple, l'autre l'attend et lui offre son mouchoir. Si la blessure est plus grave et qu'elle nécessite un pansement, nous allons jusqu'à nous défaire de nos chaussettes pour en prendre soin. Et toute la nuit s'écoule ainsi, entre une glissade et un saut, une main dans les cheveux et une poupée vite faite avec une chaussette de coton.

Il n'y a pas de moustiques ni de papillons autour. Parfois, nous pensons bien percevoir le cri d'une chauve-souris et nous tournons la tête, mais son bruit d'aile s'éloigne et nous ne voyons rien. Nous restons cependant certains de la présence de ces bêtes étranges qui dorment à l'envers et le souvenir d'une soirée du mercredi, au cours de laquelle un conférencier nous a présenté un film sur des grottes tapissées de griffes et de fourrures, nous habite tout au long du chemin.

Des vagues de brume enveloppent successivement la cime des arbres.

Et je n'oublierai jamais qu'à mi-parcours de la rue Saint-Joseph, nous avons dû nous accrocher à une échelle avant de nous élancer dans le vide. Nous étions haut, là où il y a des risques... pourtant depuis le début de cette aventure où nous

nous étions répété cent fois que le vertige n'est rien
de plus qu'un état d'esprit, nous avions réussi à
mettre de côté toutes nos hésitations et il en fut
pour notre saut dans le vide comme pour le reste :
nous roulâmes tels des ballons, sans savoir.

Chanceux ? Difficile à dire... Mardeux peut-être.
Parfois nous disions ce mot-là, mardeux, pour
signifier notre bonheur lié à notre goût du hasard.
Certains soirs, jusque dans nos entreprises les plus
audacieuses, tout semblait nous réussir... et cette
nuit-là, la ville prenait un nouveau visage à chaque
tournant.

De temps en temps, nous n'entendions plus que
le vrombissement des ventilateurs d'usines et plus
rarement encore, ne nous parvenait que le hulule-
ment d'un hibou, le lointain sifflement d'un navire
ou le miaulement solitaire d'un chat. Est-ce que
l'on va jusqu'à faire taire les ventilateurs d'usines
quand c'est la nuit ? Et ce bateau qui vient de la
mer pour remonter le fleuve, une fois qu'il aura
dépassé le lac Saint-Pierre, ne faudra-t-il pas qu'il
suive un chemin ?

Nous allions par des toits que le temps avait
creusés en leur milieu. Côté cour, il y avait toujours
une échelle ou une rangée d'arbres contre laquelle
nous appuyer. Et puis en avançant à la file indienne,
nous avions appris à déambuler sur les travers qui
relient les poteaux de cordes à linge entre eux,
comme si nous étions des équilibristes.

À partir de la rue Laviolette, à cause d'un incendie datant de quelques années, la ville reconstruite

nous sembla subitement différente et, sur une distance de plusieurs pâtés de maisons, un jeu, tout à coup modifié, nous obligea à changer de stratégie. La ligne des toits, les terrains vagues disséminés entre les bâtiments... À un endroit précis, la géographie urbaine devenait capricieuse, et ce qui avait été jusque-là une promenade sans histoire, où nous étions allés avec les mains dans les poches, se transforma en une course à obstacles où il fut nécessaire de calculer.

Peut-être serait-il préférable de marcher vers le soleil, qu'une fois là-bas, on découvrirait l'île ?... et que l'important, c'était ça en fait, le fleuve avec la lumière de l'île à cette heure précise de la journée ?

Comment savoir ?

Ce fut, l'une à la suite de l'autre, les rues Saint-Alsème, Caron, Dorchester, et jusqu'à ce que nous cessions de nous questionner sur le choix d'un véritable raccourci, nous parcourûmes les rues de La Salle et Saint-Joseph pour nous retrouver à l'entrée du Mall. Après, ce furent des immeubles plus importants, des cours, et même lorsque nous nous sommes retrouvés devant un stationnement, je jure que nous ne sommes pas descendus. À monter, à grimper, à descendre comme ça, nous étions tellement étourdis que les lampadaires se transformaient en gyrophares dans nos têtes. Le ciel se faisait plus haut. Et de temps à autre, lorsqu'une voiture apparaissait à l'angle d'un bâtiment, pour montrer que nous n'avions pas peur, nous criions : « Hey, taxi ! »... Pourtant nous nous étions couchés sur le

ventre lorsque, par méprise, nous avions attiré
l'attention d'une auto-patrouille et fait hausser les
épaules à deux policiers.

□

— Tu crois qu'on verra toujours des cargos
remonter vers Montréal, traverser la voie maritime
et naviguer jusqu'à Détroit?

Une large cicatrice traversait le cœur du Québec
où, de la côte de Beaupré jusque dans la métropole,
chaque jour la circulation allait bon train. On
retrouvait des amoncellements de gravats derrière
la plupart de ces bungalows de banlieues qui s'éta-
laient sur tout le territoire. Et de ces berges artifi-
cielles, on entendait parfois le clapotis d'une vague
plus lourde que les autres, lorsqu'un bateau glissait
dans le noir.

— Quand tu dis que tu pourras garder quelque
chose de la lumière du fleuve, tu dis ça pour vrai,
dis? Répète encore ces mots-là. Quand tu dis que
tu pourras toujours retenir dans ta main quelque
chose de la lumière du fleuve...

Le dos contre un mur, nous comptions les
nuages et si les couleurs de la nuit évoluaient discrètement, les sons, eux, qu'ils nous viennent des
autoroutes ou des feuillages, changeaient à toute
vitesse comme si, à partir d'une heure précise, les
bruits de la nuit étaient pressés de laisser leur place
à ceux du jour, et qu'il y avait véritablement
quelque chose de caché dans l'air.

Des fils électriques couraient d'un ancrage à l'autre et plus encore que du côté en accent circonflexe des toits, c'était des fils électriques dont nous devions nous méfier. Parfois, il n'y avait que cheminées, antennes paraboliques et poteaux de téléphone autour. Des phares de voiture dessinaient des arabesques aux intersections, tandis que les sirènes des bateaux en route pour Montréal se perdaient dans le lointain.

Angle Saint-François et Dorchester, plus de vingt câbles étaient tendus à moins d'un mètre d'une toiture et nous avons dû ramper sur nos coudes. Peut-être aurait-il été plus sage de convenir que l'entreprise était folle et de renoncer?

Angle Saint-François et Dorchester, nous fîmes plus de dix mètres en nous traînant sur le goudron, et il m'apparaît maintenant certain que dès la cour de l'école nous avions établi un plan. Nous avancions l'un derrière l'autre et la plupart du temps nous ne parlions pas. Rue de l'Épinay, nous avons tressé un câble en nous servant de cordes à linge et nous avons franchi dans un même élan une distance de plusieurs mètres, comme si ces cordes étaient devenues des lassos.

Rue Saint-Alsème encore, j'ai dû me raccrocher d'une main à un fil de fer qui allait d'un poteau à un transformateur électrique... mais il ne s'est rien passé.

J'ai cru entendre son cœur battre aussi fort que le mien.

Et c'est une fois l'angle de la rue Saint-Vallier et Côte Samson franchi que nous nous sommes retrouvés devant la falaise avec ses câbles sous lesquels nous avons dû nous écraser parce que nous avions peur qu'en relevant la tête, nos cheveux touchent le courant.

☐

Est-il permis de s'imaginer que lorsque c'est l'été et lorsque c'est la nuit, par un soir de fête par exemple, lorsque le vent est parfumé et qu'on s'en va comme ça, à deux, sous la lune...

J'ai dit que nous percevions le vol des chauves-souris. À une ou deux reprises aussi, nous avons cru entendre le cri d'une ambulance venue de plus loin sur la route qui traverse cette forêt impénétrable qui nous effrayait lorsque nous étions petits.

Et puis une fois que l'on sait ce qui est arrivé, est-il sensé de continuer de croire qu'il ne puisse y avoir rien de plus beau dans le monde que les nuages et ces boules lumineuses que forment les lampadaires des rues, rien de plus grand que les ruelles où nous avions appris à faire du vélo et rien de meilleur que cette odeur d'essence de la journée restée en suspension dans l'air?

Québec s'étendait à nos pieds comme une vieille habitude qu'on aurait souhaité voir dispa-raître et, curieusement, par cette nuit où l'on n'avait pas voulu dormir, c'était des images de notre enfance qui remontaient à la surface, comme ce plein ciel sur les plus vieilles montagnes du monde, ce trou entre les pierres où les amoureux se cachaient dans l'herbe et ces flûtes criardes qui n'en finissaient plus de résonner dans nos poitrines tant nous semblaient hauts et magnifiques les marche-pieds des camions.

Le soir, on nous laissait courir en pyjama.

Nous descendions la rue Notre-Dame en lais-sant traîner nos mains sur les murs.

Nous nous tenions par l'épaule, nous nous chuchotions des secrets à l'oreille, et nous riions tout bas. Parce qu'à qui dire qu'on part à la chasse aux amoureux, qu'à l'angle du boulevard Dorches-ter, on grimpe la côte et, qu'en silence, on espionne ceux qui y ont cherché refuge?

C'est l'été où on va avoir une équipe de hockey.

Lorsque passer une clôture ne pose pas de problème, ni sauter ni rire, pas plus que péter en classe ou s'esclaffer la tête dans les mains...

L'époque où prendre un bain semblait mettre un terme aux événements de la journée et reléguer tout ce qui allait se produire par la suite à notre calendrier du lendemain.

Comme si on pouvait prendre de l'avance pour faire en sorte qu'il ne puisse rien nous arriver.

Puis ce temps-là avait fini par passer. Comme finit par passer toute chose, à ce que l'on raconte.

□

Il a dit:

— Regarde en bas. C'est la rivière Saint-Charles. Quand le ciel s'assombrit, on peut en suivre les courbes grâce aux brumes qui viennent se rattacher aux lampadaires de ses berges. Vue de loin, on dirait un point d'interrogation. Je compte six ponts.

Il a dit encore :

— Tu crois que c'est le parc des Expositions là-bas, cette tache qui prolonge de biais le centre commercial ? Nous étions exactement là, il y a une heure. Penser traverser la ville en avançant sur une ligne droite est insensé. Avec cette hypothèse qu'il aurait été plus facile de marcher directement vers l'est, je sais maintenant que nous nous serions trompés.

— Je vois d'ici le C.P. House, l'usine achetée par les Japonais et la gare des trains. C'est drôle de se rendre compte combien, vus d'en haut, les parcs Cartier-Brébeuf et Victoria sont proches.

— Au premier plan, c'est Limoilou. Très loin sur la gauche, ce doit être Vanier avec la cour de notre école et ses habitations vétustes. Et droit derrière, les méandres du boulevard Sainte-Anne.

Il a dit :

— Regarde encore... C'est facile lorsqu'à partir d'un point dans le ciel, on avance en recréant la ville en morceaux comme on le ferait pour une carte. Le centre hospitalier du Sacré-Cœur, puis l'autoroute de la Capitale. Avec des jumelles, on pourrait reconnaître ces maisons au style ancien qui bordent la voie rapide de Charlesbourg. Dans le même axe, les panneaux de signalisation annoncent le début de la route du Nord. Un ruban de plus de deux cents kilomètres court entre les côtes et les épinettes. C'est à cause de la neige, du verglas, mais surtout à cause de la vitesse qu'il y a tellement d'accidents, ajouta-t-il, comme si, reprenant tout à coup sa chaise de président, il tenait séance dans la nuit.

— Tu connais Notre-Dame-des-Laurentides, Lac Beauport et le boulevard Talbot que l'on doit prendre lorsqu'on veut se rendre à Chicoutimi? Montés plus haut, peut-être pourrons-nous apercevoir, de là, les lacs? Ils se découpent, pâles, sur les forêts. Et les premiers, ceux qui vont entre la ville et les plus vieilles montagnes du monde, sont faciles à nommer.

— Je peux aussi, de mémoire, donner le nom des ponts.

Les pieds ballant dans le vide, il parlait. Tous les ponts qui enjambent la rivière Saint-Charles, il les a nommés, et pour ceux-là, vers l'ouest, qui étaient plus difficiles à identifier, il risquait des noms. Le Scott, le pont de l'Incarnation... disant à haute voix, pour lui-même, comme si le fait de répéter les mots et scander les syllabes allait l'aider.

— Le Scott, c'est le pont du cimetière Saint-Charles, celui qui enjambe la rivière juste en face de l'Hôpital du Christ-Roi, à Vanier. La route 173 divise le pied de la côte en deux. C'est drôle de penser combien une ville est un ensemble fragmenté. La falaise, le fleuve, puis l'île... Le nouveau pont à côté de l'ancien en fer et la rue du Mall qu'on a transformée. Chaque parcelle a ses limites précises. Chaque jardin est un pion sur un damier. D'en haut, le tout forme un ensemble. Tu te rappelles nos livres de géographie lorsque nous étions jeunes? Les couleurs étaient associées aux graphiques en bas des pages et j'ai toujours en mémoire le jaune des prairies, les mosaïques infinitésimales des sols européens et le vert des rizières asiatiques.

— Depuis ma classe de cinquième, je sais donner le nom des ponts. T'as déjà fait la route du Nord, celle qui coupe la Basse-Ville en deux, longe Charlesbourg et puis va se perdre entre les lacs et les sapins? D'ici, on peut apercevoir les toits des centres commerciaux et les bretelles de cette autoroute qui traverse la capitale; de jour, peut-être est-il possible de voir encore plus loin, suivre des yeux les rivières et compter les plans d'eau? Si nous avions des jumelles, je crois que de la falaise nous pourrions repérer les bâtiments qui servaient autrefois de barrière. La station-service au milieu du parc des Laurentides s'appelle l'Étape. Tu crois qu'on pourrait réussir à marcher jusque-là, se rendre plus loin que le garage Esso et ne jamais redescendre des arbres?

— L'année prochaine, peut-être est-il toujours raisonnable de le croire, on pourrait envisager de se rendre jusqu'à Natashquan à bicyclette... et peut-être d'ici là pourrions-nous nous équiper de boussoles, nous procurer une paire de Minolta et préparer nos vélos pendant l'hiver? Des fois, on trouve des choses formidables en solde. Aussi, peut-être pourrions-nous prévoir un budget pour de la nourriture sèche, acheter des bottes et des *sleepings* neufs?

— Je crois toujours faisable de partir de Québec et faire d'une traite tout le trajet jusqu'au lac Jacques-Cartier. De là, on décide. Parce que la route, quelques kilomètres plus haut, se scinde en deux. Tu connais la station météorologique du mont Apica? T'es déjà allé au lac Jacques-Cartier, sur La Lièvre, jusqu'à la station de pompage du réservoir de la Baskatong? Du poste 35 à plus du cinquantième parallèle, sur des kilomètres et des kilomètres de largeur on a fait des coupes à blanc. Depuis, plus rien n'a repoussé. Tu connais la basilique de Beaupré, le camp d'Arthabaska, la montagne Pelée?

Puis il continuait avec ses questions, sautant d'un sujet ou d'un lieu à un autre, comme si le fait d'avoir le monde à ses pieds faisait qu'il ne savait plus quand ni pourquoi s'arrêter.

□

D'où nous étions, nous voyions aussi le port où des navires endormis pointaient vers le ciel des mâts chargés d'instruments électroniques; des bateaux qui venaient d'accoster ou des bateaux en partance? Aucun de nous n'aurait su le dire. En cette nuit d'été où seuls quelques conteneurs aux couleurs vives venaient mettre un peu d'éclat sur des quais quasiment déserts, l'ensemble des installations portuaires laissait une impression de désolation, de lieu peu ou mal fréquenté. Nous nous rappelions qu'un soir, à la Société de géographie, un conférencier nous avait fait découvrir le fleuve, et en même temps que l'inconséquence de nos gouvernements, il nous avait démontré l'état lamentable dans lequel des travaux d'aménagement mal menés l'avait laissé.

L'étonnement général des membres de notre groupe, ce soir-là...

Nous, pour qui l'écologie se limitait à la propreté des lieux, allions être confrontés à l'implacable précision des chiffres, la gravité des décisions politiques et à l'impuissance dans laquelle on nous avait plongé.

Maintenant à cause de l'érosion des berges, six cent cinquante mille camions à neige seraient maintenant nécessaires au transport de millions de mètres cubes de matière en suspension dans l'eau. Les sédiments accumulés devant Beauport et Beaupré, à raison de cinq à vingt centimètres d'épaisseur par année, finiraient par refermer le fleuve. Et toute la faune marine, à plus ou moins brève échéance, en serait affectée.

Ce qui nous avait le plus impressionnés, c'est lorsque le conférencier avait raconté que le creusage de la voie maritime avait créé au milieu du Saint-Laurent un véritable mur d'eau que certaines espèces de poissons n'arrivaient même plus à franchir. Et ce qui resterait gravé clairement dans nos mémoires, c'est la démonstration qu'il fit au moyen d'une planche à dessins, pour nous expliquer qu'à long terme différentes espèces de poissons pourraient se développer, que ce soit sur la rive nord ou sur la rive sud du fleuve.

L'expression « un mur d'eau » nous terrorisait.

Nous imaginions des monstres, des bêtes marines bicéphales, sans nageoires ni branchies, qui ne sauraient plus comment nager. Nous les supposions immobiles et menaçantes dans les profondeurs. Pourtant le conférencier ne nous avait pas laissés là-dessus et la séance s'acheva sur les précisions d'un professeur qui insistait sur le fait de ne pas désespérer. L'homme, avec son intelligence, avait toujours su surmonter ses problèmes, et peu importe les erreurs commises dans le passé, il trouverait des solutions pour l'avenir. Cependant, un doute subsistait, un léger malaise, me sembla-t-il, jusqu'à ce qu'il dise :

— Ça ne ressemble à rien.

— Comment ? avait fait le professeur devant une conclusion aussi brève qu'inattendue.

— M'est avis que cette fois-ci, ça ne ressemble pas à autre chose, avait-il répété devant un conférencier qui avait haussé les épaules, comme s'il ne lui revenait pas de juger si la construction d'un mur d'eau au milieu d'un fleuve ou une entreprise qui nécessiterait six cent cinquante mille camions à neige par année, face à l'imagination des hommes, c'était véritablement une affaire « qui ne ressemblait à rien » ou non.

□

Jusque-là, nous avions été des étudiants modèles, adhérant à tout ce qu'on nous racontait, voulant voir grand et beau, comme si les choses pouvaient se décider d'avance. Aussi, peut-être avons-nous eu tendance à être téméraires lorsque nous nous sommes retrouvés à la veille d'un congé qui allait durer plus de cent jours?

Nous prenions des risques, c'est certain, mais il disait qu'il n'y avait qu'une infime portion des charges de la foudre et des fils électriques qui étaient dangereux. Il répétait que la seule véritable possibilité de déflagration résidait dans la rupture d'un fil conducteur et jurait qu'en cas d'accident, quelqu'un nous viendrait en aide plus rapidement à cette heure qu'à midi.

Jusque-là, tous nos voyages s'étaient faits à l'intérieur des livres, entre les pages blanches et sur le papier glacé des livres, et peut-être avons-nous eu tendance à nous méprendre, lorsque vint l'âge où se bousculèrent dans nos têtes d'immenses désirs d'aventures et une véritable soif de découvertes?

Sur une plate-forme surplombant la ville, toute la Société de géographie célébrait l'été. Exceptionnellement cependant, pas d'horaire, pas de règlement ni de procès-verbal à tenir. Que des diamants qui glissent sur nos têtes et que des routes interstellaires à repérer. Que des astres morts qui jouent à cache-cache entre les nuages auxquels tentent de répondre, d'une façon bien dérisoire, des lampadaires, des gyrophares et des publicités. Nous marchons ensemble, le bras à l'épaule, et parfois nous nous arrêtons sans parler. À un moment donné, c'est tellement grand dans le ciel, Monsieur le Président, qu'on jurerait que la nuit couvre plus large que les contours de la terre. Nous retenons notre souffle. Et nous ne bougeons pas. D'abord, nous n'entendons plus rien des oiseaux. Et lorsqu'un vent chaud et lourd, qui jusque-là maraudait sans insister, tourne d'un seul coup à l'est, il devient clair que toute cette nuit qui se fait plus noire, risque de nous emporter. C'est souvent comme ça, au mois de juin : il fait jour jusqu'à dix heures et les premiers rayons de l'aube se manifestent déjà bien avant le matin. Tout va tellement vite, au mois de juin. C'était la première nuit de l'été. Nous nous retrouvions au cœur du monde et puis, avant qu'on s'en aperçoive, le monde avait changé.

« Difficile d'imaginer que ces lumières qui scintillent au-dessus de nos têtes sont des astres éteints depuis des millions d'années ; que ce que l'on aperçoit aujourd'hui est le reflet de ce qui n'est plus et, qu'en fait, toute la ville de Québec est infiniment plus petite que la plus infime partie de ce qu'on voit là-haut », dit-il avant de s'élancer sur une poutrelle rattachée à la falaise. « Chaque étoile a une histoire qui lui est propre », fit-il encore. « Une montre, même arrêtée, a raison deux fois par jour » et sans me laisser le temps d'intervenir, il enchaîna : « Tu connais le nom des constellations ? La Grande Ourse, la Petite Ourse, l'étoile polaire et Cassiopée. Le Pays du matin calme, est-ce que grâce à un changement de saison, on finira par y arriver ? »

Avec les grincements des wagons qu'on déplaçait du côté de Boischâtel, c'était les cris d'une ville assiégée qui rebondissaient jusqu'aux toits. Et pendant que les ruelles de Saint-Sauveur et de Limoilou se repliaient sur elles-mêmes, de temps à autre, monté d'un des grands boulevards de la capitale, un crissement de pneus frappait la falaise pour venir se perdre dans les alentours. Il tendait son bras blessé vers le ciel.

Fallait-il avoir franchi le cap des seize ans et terminé les cinq années préparatoires du cours secondaire pour escalader la Haute-Ville ? Tout d'un coup, nous apprenions que les rues s'enchevêtraient entre elles, que les boulevards, en des lieux stratégiques, venaient se rattacher à des autoroutes, et qu'à moins d'une heure de Québec, il y avait les États-Unis.

Fallait-il aussi avoir assisté à mille conférences, visionné autant de films et cherché des traces de nébuleuse du soir au matin, pour pouvoir traverser le parc des Laurentides sans toucher à terre, descendre le courant et atteindre la mer, ou bien remonter le fleuve jusqu'à sa source en canot ?

Parfois, je me laisse aller à imaginer des choses imaginaires comme ça.

Comme croire qu'il serait facile de partir. Comme de comprendre pourquoi il est nécessaire de rester. Comme de penser qu'il est un temps dans la nuit où tout est encore possible et qu'à compter de cette minute précise, toutes les heures suivantes pourraient être transformées.

Peut-être existe-t-il véritablement une façon de faire, une voie royale, un train ou un avion dans lequel il nous faut s'engager à un certain moment de notre vie?

Entre une affiche Molson O'Keefe et un écriteau de mise en garde contre la chute des glaçons en hiver, il s'est arrêté pour pisser.

Le bruit de l'urine sur les roches comme des notes claires... Impossible de se tromper. Il n'y a rien de plus beau que lorsque nous nous essoufflons à marcher, rien de plus grand que lorsque nous nous épuisons à chercher quelque chose, à vouloir faire un geste. Nous sommes sur le qui-vive, pourtant nous avons toujours peur de mourir et de ne pas avoir assez vécu.

Fallait-il en dire plus?

Tout à coup, le vent se retournait sur lui-même et tandis que les arches de six ponts sur la rivière nous hypnotisaient comme des miroirs, la pluie s'était mise à tomber. Fallait-il faire plus? Il avait lancé sa chemise vers le ciel et restait debout en s'appuyant sur un pied, puis sur l'autre, avec le corps fumant de chaleur. Et j'ai pensé aux chevaux, ces grandes bêtes écumantes et fragiles, offertes après l'effort. J'ai revu des images d'avions aussi, que l'on déglace l'hiver sur les pistes enneigées des aéroports.

Comme elle l'avait fait pour la ville, la nuit rendait nos corps plus beaux. L'effet de l'alcool s'était dissipé. Et comme cela avait été le cas après nous être empoignés dans le gymnase du collège,

nous restions là à attendre alors que ni lui ni moi
ne savions plus pourquoi nous attendions.

☐

Aller lentement, légèrement, comme des
funambules en glissant le pied sur un fil de fer...
est-ce que c'est comme ça?
Ne pas oublier l'étoile qui brille alors qu'il nous
faut à la fois ne rien tenir en laisse et ne rien fixer.
Et puis garder les bras à l'horizontal dans une
attitude souple et rectiligne, sans contrainte, avec
solidité jusqu'à ce qu'on se remette à avancer. Dis,
mon vieux, est-ce comme ça qu'il nous faudra marcher lorsque nous aurons quitté l'école et puis
trouvé du travail, une fois que nous aurons dompté
la falaise et que nous aurons découvert en même
temps et les plaines et le ciel? Dis, mon vieux, est-
ce comme ça qu'il nous faudra vivre lorsque nous
aurons vieilli?

☐

Après nous être assurés qu'aucun policier ne
rôdait plus dans les environs, nous nous sommes
remis à grimper, lui abandonnant sa chemise à une
branche et moi m'inquiétant de peur qu'il ne
prenne froid. Avec l'orage, le ciel s'était transformé
et si jusque-là nous avions souvent cru les étoiles
trop hautes et trop fières pour nous être utile, après
la pluie, il y eut un temps où tout nous sembla

encore possible, comme si par miracle les étoiles, ces astres éteints dont nous ne percevions plus que le mirage sur nos têtes, s'étaient rapprochées.

La Haute-Ville

LE JOUR SE LEVAIT. Tout à coup, les premiers rayons du soleil pointèrent à l'est et si auparavant nous avions grimpé sans prévoir, arrivés en haut, nous sentîmes qu'une éclaircie venait de se produire à l'horizon, que c'était maintenant la fin de la course et que, devant cette percée dévastatrice, nous devions nous incliner. La clarté et puis les couleurs, un vent plus frais, mais surtout cette lutte sourde qui depuis le début de la nuit se manifestait entre les lumières électriques et les teintes du ciel... tout ça finit par disparaître pour laisser la place à un sentiment imprécis impossible à décrire. Nous étions épuisés.

Moi, j'aurais voulu crier, briser quelque chose ou poser un geste d'éclat comme on fait pour célébrer une victoire. Mais lui semblait satisfait de simplement se coucher sur le ventre pour avaler l'air du fleuve, sur le dos ensuite... et avec son corps à plat contre la tôle, regarder inlassablement le ciel, pour bien montrer que la stratosphère et l'ensemble de nos foutues galaxies, c'était tout ce qu'il y avait d'important dans le monde à ce moment-là.

Parée de rayons jaunes et bleus s'irisant à la
surface de l'eau, notre victoire s'avérait encore plus
belle que ce que nous avions imaginé. Pourquoi
raconter plus?

La grande roue tournait librement dans le vent
des plaines, comme les vagues vont à n'en plus finir
jusqu'aux rivages des continents et, tout à coup,
c'était comme si nous nous retrouvions en face de
quelque chose de jamais vu et d'aussi complètement neuf que le premier matin du commencement des temps. Il y avait le jour qui montait à
l'est. Il y avait cette date sur les calendriers accrochés aux murs de la ville... et cette rencontre entre
ce quantième de fête et le soleil faisait rejaillir toute
la lumière du cœur de l'île, de la même façon
qu'un geyser sourd des entrailles de la terre lorsqu'une montagne vient de naître et contre laquelle
on s'approche pour se réchauffer. Nous croyions
rêver.

Et c'était comme si nous ne voudrions plus
jamais redescendre de notre vie.

Par manque d'expérience, je me rappelle que,
devant ce premier matin du commencement des
temps, nous ne savions plus quoi faire. Je me rappelle aussi que devant la grandeur du spectacle,
nous attendîmes sans rien dire. Nous restions dos à
dos, lui scrutant le fleuve et son embouchure,
tandis que moi je voyais les structures des deux
ponts de la capitale se dresser dans le ciel encore
sombre de l'ouest. Comment parler d'un instant
magique?

Rester accrochés, fixés, debout ou couchés l'un contre l'autre, se tenir droits ou assis, frotter la paume de nos mains blessées... Questionner le ciel, le parsemer d'étoiles et de couleurs, boire la rosée au creux des feuilles ou compter chacune des ridules qui se retrouvent à la surface de l'eau ; était-il trop tôt ou déjà trop tard ?

Pleurer, sauter, crier puis rire, hurler à la manière des loups comme nous savions hurler, chanter ou bien se mettre à genoux comme on nous l'avait enseigné lorsque nous étions enfants sur les bancs de la chapelle, répéter des mots, lancer les bras au ciel... Pour célébrer le jour qui se levait, peut-être aurait-il mieux valu rester cachés dans l'herbe à l'image d'un chat qui guette un oiseau ?

On a l'impression que tout vient d'être lavé.

Les toits brillent de propreté et on dirait que, sur tous leurs côtés, des tôles neuves viennent d'être installées. De l'ouest, et de plus loin encore que la structure du nouveau pont à l'extrémité de Sainte-Foy à l'ouest, arrive un vent qui traîne avec lui des odeurs de trèfle et de fougère qui n'existeront que dans ce commencement d'été. À l'heure des goélands, toute la ville dort. Et si quelqu'un vient à passer en bas, comme si on cherchait à retenir à tout prix quelque chose qu'on sent sur le point de disparaître, nous sommes prêts à lui cracher dessus.

Il y a le fleuve et les falaises, et plus loin, se découpant sur le ciel, les Laurentides comme des cerbères, gardiennes d'un monde sauvage que nous ne connaissons pas. Je crois que jusque-là, ni lui ni moi n'imaginions cette chaîne de montagnes si proche de Québec et nos années de fréquentation à la Société de géographie ne nous avaient pas appris à les apprivoiser.

Il y a la lumière qui grandit. Il y a des milliards et des milliards de ridules qui parcourent l'eau que l'on voit descendre de Sainte-Catherine de Portneuf à une extrémité du monde, jusqu'au village de Sainte-Pétronille dans l'île et lorsqu'on est attentif, on s'aperçoit que nos souffles, qui montent et descendent simultanément dans nos poitrines, vont et viennent telles ces stries sur le courant du fleuve, frappent et cognent comme les battements d'ailes d'un papillon ou les bourdonnements d'une guêpe prisonnière contre une vitre.

Bien sûr, nous sommes au premier matin de notre vie et ce qu'il croit d'abord nécessaire, c'est de retenir son souffle pour que tout s'arrête à ce moment-là, pourtant, il se retourne en appuyant sa tête sur son épaule, puis sur son avant-bras. Moi, arrivé en haut, j'avais voulu descendre alors que pour lui, il était clair que même après avoir escaladé la falaise, le voyage n'était pas encore terminé.

Puis il y a de longues minutes où il ne bouge plus, et s'il y a un temps où je reste à le regarder, c'est bien durant cette heure-là.

Comme je dis : sur le dos, sur le ventre, le pouce sous le menton, la tête sur le coude replié, la tête sur son épaule, puis la joue sur son avant-bras. Comme je dis encore : allongé, debout, le bras enroulé autour de son épaule, la tête couchée sur le coude, la main ouverte avec les jambes repliées.

Moi j'aurais voulu crier pour montrer que notre course avait été difficile, mais lui préférait rester tranquille et, contre toute attente, il s'est étendu sur le toit comme si c'était là une manière naturelle de profiter du jour qui venait de naître, ou bien de comprendre un peu mieux notre ciel qui, encore une fois, venait de se transformer.

Nous avions cru rester aux aguets et pourtant, sans nous en apercevoir, ce fut le matin.

Il avait cessé de pleuvoir et pourtant, partout autour, c'était mouillé.

Nous retrouvions le cri des oiseaux.

Les odeurs, toutes les odeurs, étaient maintenant différentes de celles de la nuit. Il y avait des oiseaux et des nuages. Est-ce que les oiseaux avaient continué de voler pendant tout ce temps où il avait fait noir ? Les lumières de la ville, une à une comme elles avaient fait pour le jour d'avant, s'étaient mises à fondre, ou à moins briller. Est-ce que les oiseaux avaient continué de voyager aussi pendant tout ce temps où nous nous étions étourdis ? Et les nuages... étaient-ils restés là, ronds et bouclés et en suspension dans l'air ; des nuages ronds et bouclés comme on en retrouve sur les dessins d'enfants. Comment savoir ? Et puis comment parler des nuages après la pluie ? Nous avions marché lorsque c'était la nuit. Pendant des heures, nous avions poussé et grimpé et sauté et escaladé des obstacles sans jamais nous soucier de ce qui se cachait derrière. Pendant de longues minutes, couchés sur la tôle, nous avions dormi.

Sur le dos, sur le ventre, appuyés sur les coudes, ou étendus sur le côté... Tout à coup, nous nous retrouvions devant une scène subitement trop grande pour nous et c'était comme si, de toute notre vie, nous avions attendu cet instant qui nous faisait découvrir un vent qu'on ressentait à peine, mais qu'on voyait courir à la surface du fleuve, et un soleil supposément un astre de feu, mais qui s'ingéniait à se vautrer dans l'eau froide, ce que nous n'aurions jamais imaginer auparavant.

L'heure des goélands... Cette heure de la journée où, dans le port, on n'entend plus que leurs cris et en levant les yeux on les verra tourbillonner sur les quais et autour des bateaux.

Moi je crois qu'il dort à ce moment-là.

C'est l'instant qui précède la promenade des chats dans les ruelles.

Il y a le bruit des klaxons, les appels des mésanges peureuses... Un coup de vent ressemble parfois à une musique de foire et on retrouve des papiers le long des trottoirs, des joggers sur les plaines, puis des taxis pêle-mêle, comme si le cadran de leur répartiteur s'était subitement détraqué.

Et avec les minutes qui passent, on sent bien que toute la ville se met en branle puisque maintenant c'est plus souvent qu'on suit la course d'autobus qui s'arrêtent régulièrement à l'angle des rues où devant leurs abribus.

Dans les maisons ou devant les magasins, on voit des portes s'ouvrir, des gens mal rasés se pencher pour faire sortir des chiens, regarder en l'air et s'étirer les bras.

Je veille sans bouger, je retiens mon souffle, et je crois qu'il bave à ce moment-là.

Et je découvre dans la clarté grandissante que, sans même que dans sa tête un mot n'ait eu le temps de pénétrer, une familiarité s'installe entre lui et le reste du monde.

Il dort sur le ventre, couché sur son avant-bras, avec la bouche ouverte et je sens que si j'insiste, il va se réveiller.

Et ça dure un temps... Disons tout le temps nécessaire pour aller de l'aube jusqu'au vrai jour.

Il y a plus de mouvement que tout à l'heure, certes. On peut le constater aux intersections où apparaissent les capots des voitures encore luisants d'humidité. Mais la plus grande partie de la ville reste engourdie de sommeil, et on remarque qu'aux fenêtres des appartements, les stores sont encore tirés. C'est un matin d'été qui se prépare. Un air de musique flotte sur la ville et puis, de la rue Des Jardins où nous sommes, on peut compter les paquets de journaux ficelés qu'on a jetés à la devanture des magasins en-bas.

Moi, je sais qu'il rêve à ce moment-là.

Sur le dos, sur le ventre, la tête appuyée contre son avant-bras. Le premier matin de notre vie, est-ce bien raisonnable un lever de soleil qu'on voudrait retenir dans sa main et toujours garder au creux de sa paume, comme ça?

□

Des fois, je me dis que la vie est belle, la terre très grande et que ce fut formidable de m'être retrouvé avec lui ce matin-là. Tout à coup, il a tourné la tête comme s'il allait se mettre à raconter quelque chose. Après, il s'est renversé par en arrière avec les doigts rattachés sur la nuque pour s'étendre au soleil. Puis il a encore regardé le ciel comme il l'avait fait avant. J'attendais qu'il parle le premier.

Des fois, quand je reviens marcher au bord du fleuve avec les mains dans les poches, par exemple, je me répète que j'ai dû avoir de la chance cet été-là. On m'a souvent interrogé et je n'ai jamais su répondre. Comment raconter précisément ou sans trop d'erreur ce que nous étions? Et puis comprendre que le temps a passé, ce qu'on est devenu, les choix à faire, ceux qu'on ne fait pas, la suite inexorable des jours et les occasions ratées. J'affirme aujourd'hui que j'ai été heureux d'être monté aussi haut, d'être arrivé aussi loin et de m'être exténué toute une nuit, exprès pour voir si derrière les étoiles il y avait d'autres soleils.

Comment répondre à cette question qui veut savoir si on a atteint son but?

Nous aurions pu continuer vers l'est ou vers l'ouest, franchir les ponts et nous inventer d'autres pistes, comme nos soirées du mercredi nous avaient habitués à le faire. Je crois que nous aurions pu remonter tout le Chemin du Roi sans mettre le pied à terre et que, pour partir, nous avions tout juste à le décider sur-le-champ, qu'il nous était à chaque instant possible de continuer la route et que, pour faire bouger les choses, nous n'avions qu'à nous remettre à marcher. Nous supposions qu'il devait y avoir des arbres. Nous imaginions des milliers de cordes à linge, des kilomètres de clôtures et d'écriteaux, et nos corps, malgré les courbatures et les ecchymoses accumulées pendant la nuit, étaient prêts à s'envoler, comme s'il s'agissait de montures infatigables sur lesquelles nous devenions des héros. De plus, nous restions convaincus de pouvoir faire une chaîne interminable rien qu'en nous tenant la main et de transformer tous les fils électriques en lassos.

Il faut comprendre que nous aurions voulu faire plusieurs fois le tour de la terre, durer cent ans, refaire des milliers de fois l'aller-retour de la rue de La Couronne à l'autoroute Montmorency, mais que nous nous retrouvions sans paroles, avec tout à coup des cœurs fragiles comme ces fils allant d'un toit à l'autre et qui se rompent quand il y a du verglas.

Les matériaux des couvertures seront brûlants lorsque nous nous réveillerons. Nous sommes ivres, et dehors c'est le premier matin de notre vie.

Il faut savoir aussi que le temps n'a pas d'importance, en fait. Pas plus que les mots, que les jours et que le soleil ne comptent au fond. Tout est en surface et rien n'a de profondeur. Les cheminées sont des sentinelles; sur le fleuve courent des milliards et des milliards de stries. Qu'en est-il des

villages dont on voit poindre les clochers au-delà
des limites de la ville, et se cache-t-il quelque chose
de plus grand ou de plus sombre derrière le monde
sans ombre des toits? Nous dormons. Nous tournons la tête dans le creux de notre épaule. Le jour
se lève et nous dormons dans le luxe. Nous rêvons.
Il est presque cinq heures lorsqu'il se retourne sur
le ventre en respirant aussi légèrement qu'une risée.
Sur les tôles réchauffées par le matin, nos bras
forment des lignes parallèles et lorsque je relève la
tête, je constate que de minute en minute la circulation se fait plus dense sur le plancher des vaches
en bas.

Toute la ville de Québec, construite sur une
pointe formée par le fleuve et la rivière, est un
bateau ancré au port et je n'oublierai jamais cet
instant où, rouvrant les yeux, je découvris les
montagnes à l'horizon. Bleutées comme le matin,
sans fard et fragiles comme des glaces fraîches. Le
bonheur est une idée neuve, avec de jeunes feuillages qui bruissent sur fond de ciel sans fin. Les
fleurs d'un jardin. Au loin, et c'est peut-être le plus
beau, les clochers des villages ruisselant de soleil.

Une minute exceptionnelle, un instant
d'éblouissement, est-ce possible? J'ai encore en
mémoire son cri lancé dans ce qui va devenir le plus
beau jour de notre vie, notre retour au Pays du
matin calme ou encore notre fête dans les rues de
Cayenne, la ville que nous disions endormie. Qu'en
est-il de ce rêve fou où, pour rendre cette vision du
monde plus belle encore, on a inventé des poteaux

de téléphone qui se rejoignent par des fils qui sifflent en hiver, des pylônes qui enjambent les rivières et des belles voitures qui roulent sur de belles autoroutes? Une minute magique, un instant tranquille, est-ce qu'on va nous pardonner?

Lorsque je me suis réveillé, il était debout. Et comme la lumière vient après la nuit, à la fraîcheur matinale qui prévalait jusque-là avait succédé une chaleur dure et pénétrante à laquelle on ne se serait pas attendu à peine quelques instants plus tôt. Quand j'ai ouvert les yeux, il a tourné la tête. Je pouvais voir sa nuque et la courbe de son dos se découper sur la surface de l'île.

Lorsque je me suis réveillé, il était déjà debout. J'ai dit aussi: quand j'ai ouvert les yeux, il a tourné la tête... des images greffées l'une sur l'autre comme des flashs de polaroïd jetés pêle-mêle sur une table à café. D'abord lui, droit sur le revers de la corniche avec les mains dans les poches et puis moi, appuyé le dos contre une lucarne avec un œil-de-bœuf. Je suis certain que lorsque nous avions quitté le collège pour grimper sur les premières maisons de la Basse-Ville, il n'avait pas encore envisagé les prouesses à venir. Lui avec ses épaules au soleil. On m'a posé des questions. Et je n'ai pas su répondre. Car comment signifier que quelque chose diffère dans le vol des hirondelles et le bruissement de l'air et puis, sans que l'on sache trop comment, que pour une fois, les heures donnent l'impression de suspendre une course qui va du matin jusqu'au soir? Est-il permis de croire que pour célébrer une victoire unique, tout à coup, le temps se soit arrêté ?

Il était debout et quand j'ai ouvert les yeux, il a tourné la tête. J'ai pensé qu'il allait rire. À sa voix, j'ai tout de suite compris que je m'étais trompé. J'ai d'abord cru qu'il allait s'esclaffer. Nous faisions des choses comme ça parfois, la plupart du temps lorsque nous nous retrouvions dans une impasse. Parce que nous avions dormi par exemple, j'ai cru qu'il allait se moquer. J'ai eu tort. Pourtant il parlera le premier. D'une voix basse et hésitante au début... et puis, quand il a été bien certain que je l'écoutais, plus vite, faisant le tour du paysage avec son bras, mais le plus souvent en restant immobile avec les mains dans les poches ou en s'amusant à relever du pied le coin d'une feuille de tôle qui dépassait d'un pignon. Le soleil faisait briller le fleuve et ses cheveux. C'est l'inverse de ce que les choses promettent des fois. Tout va très vite. Il y a de la lumière et du vent et c'est un matin d'été. Il est debout sur la corniche mais ça lui prend beaucoup de temps avant de se mettre à raconter.

Rien que des choses vagues au début... et puis des idées plus précises, qui se développent, virevoltent, et nous laissent souvent là où nous avions commencé. D'abord je crois l'entendre décrire ce que nous avons sous les yeux, mais par après il se fait plus distant, répète souvent la même chose, une phrase, un mot... pour moi ou pour lui tout seul, comme s'il cherchait à nommer quelque chose qui s'était envolé avec les nuages. Impossible à croire ?

Nous avions parcouru toute la ville de Québec sans toucher par terre. C'était l'été puisque le calendrier et le journal s'entendaient sur la date et l'heure. Dorénavant, rien de ce que nous allions rencontrer ne pourrait plus nous arrêter.

« Une montre, même cassée, a raison deux fois par jour » ou « Le faîte d'une maison ressemble au pont d'un bateau. » Ce sont des phrases qu'il pouvait murmurer, reprendre... Parfois, ce n'était qu'un mot qu'il lançait pour l'abandonner un peu plus loin. Mais le plus souvent, il allait jusqu'à répéter sans compter, pour lui tout seul, pour moi, ou pour les deux. Des noms de ville, des déserts. Parfois une phrase entière qu'il semblait tenir d'un livre où d'une autre langue. Encore aujourd'hui je ne saurais pas dire exactement pour qui il parlait. Des exemples ? Peut-être encore le mot *Cayenne*. En premier, il parle du soleil qui plombe sur la tête. Pendant ce temps, il fait un geste avec sa main. Puis il se retourne en continuant d'expliquer que nous ne possédons aucune image de cette ville et que c'est peut-être pour cela que nous l'aimons. Je crois qu'il surveille ses effets.

D'autres exemples pour montrer qu'à cette dernière étape du voyage, alors que nous pensions être arrivés au port, nous ignorions toujours ce qui nous attendait ?

« Buenos Aires, le Montenegro et Santa Fe... Quelle heure peut-il être le jour du solstice d'été lorsque le soleil monte au milieu de la pointe de l'île, que ses rayons s'étendent de Saint-Laurent à

Sainte-Pétronille et que l'effet de miroir sur le
fleuve renverse et double les rochers?» Ou bien :
«Est-il sensé de croire que la lumière du matin ne
soit pas la même que celle de midi, que ses couleurs
sont plus belles encore que celles du soir, qu'elle
est déjà présente toute entière dans la nuit et
qu'elle est trop fragile et trop belle pour qu'on
puisse la regarder?»

Un vent régulier s'était levé sur le fleuve et il ne
retournait pas la tête pour parler. Des fois, à cause
du bruit d'un moteur ou d'un coup de klaxon, un
mot m'échappait, laissait planer un doute et finis-
sait par se perdre, avalé par les gouttières et les
caniveaux.

Il faut dire que je n'étais pas toujours attentif à
ce qu'il disait. Il faut dire aussi que cette course qui
avait duré toute la nuit nous avait ébranlés et
puisqu'il répétait comme pour lui-même des
phrases simples et ordinaires comme on en dit tout
le temps dans la vie, c'est rien qu'après, à cause de
ce qui s'est passé, que j'ai cherché à retrouver ses
mots exacts et à connaître leur emplacement précis.
Comment s'était-il joué de Breakeyville? Dans les
premières heures du matin, il affirmait qu'il pouvait
voir le clocher de Saint-Jean-Chrysostome et même
risquer des noms de Saint-Henri jusqu'à Honfleur.
J'avais relevé la tête pour suivre.

Il disait : «Regarde. Là-bas, cette tache sombre :
peut-être des cèdres. À gauche ce doit être les
pruches plantées près de l'église de Sainte-Claire.
Viens voir. Si ces terres étaient planches, je suis

certain qu'on pourrait identifier les villages sur des kilomètres et des kilomètres autour. Une fois partis, par temps clair, on verrait jusqu'aux États-Unis. Quand nous étions jeunes, nous passions l'été à Sainte-Malachie. Drôle de nom, Sainte-Malachie! C'est plus loin que Sainte-Claire. Il y avait des mouches mais nous mangions toujours dehors. Lève-toi pour voir par-delà les arbres. Il n'y a pas de mur à la frontière. Pourtant je l'ai cru pendant des années. Juste des ruisseaux et des rivières... On constate que souvent les limites des pays ont été tracées à partir de la ligne de partage des eaux. Tu connais l'allumage d'un contre-feu? Sur la Côte-Nord, au mois d'août, on a souvent vu des forêts incendiées. Pour se défendre, on ignorait les techniques. On nous a longtemps fait croire qu'une ligne droite était le plus court chemin entre deux points. »

Parfois, il mettait sa main en visière, s'assoyait sur ses talons, et ça devenait vrai que, le toit d'une maison ressemblait au pont d'un bateau. Partout autour, c'était bleu. Et parce qu'un air plus frais remontait du fleuve à cette heure-là, les antennes et les cordes à linge derrière les maisons faisaient en sorte que nous nous retrouvions entre les étraves sonnantes d'un voilier.

Aussi, sans se retourner, un peu comme s'il était le seul maître à bord, il continuait d'avancer. Il parlait de ce qu'il voyait. Du bruissement des feuilles comme de la houle. De l'eau en bas... Un rendez-vous, un instant précis, une minute qui ne reviendrait jamais?

Nous avions parcouru toute la ville et personne ne se pointait. La marche dans la nuit avait été une lente remontée et puis soudain, dans la lumière crue, tout se mit à aller si vite que pendant un instant et d'une manière très vive nous eûmes la sensation de ne plus rien contrôler.

Sans tambour ni trompette, le jour s'était installé.

Et devant une clarté éblouissante, nous devions bien admettre qu'il nous fallait parfois plisser des yeux.

Il a dit : « Tu crois que c'est sérieux les projets que nous faisons, nos serments... » puis il a rajouté : « Pourquoi les autres n'ont-ils pas tenu leurs promesses avant nous ? »

□

Il y avait eu la nuit et les nuages, le vent d'ouest qui vire à l'est, qui fait le tour du soleil et qui revient. Et puis quelqu'un, là, debout sur la corniche, capitaine de vaisseau dans la tempête, amiral de porte-avions, Achab... Et puis hop ! plus personne, que du vide avec du bleu autour et dans la bouche un cri à peine formulé qui signifiait que le monde venait encore une fois de basculer.

Pour tout dire, j'ai eu l'impression d'assister à un spectacle de magie, lorsque le prestidigitateur retourne son chapeau. C'est terrible de penser à une chose pareille lorsque ça met en cause son meilleur ami. Il y a quelqu'un au garde-à-vous sur la passerelle d'une goélette. C'est l'été à vingt mètres du sol et puis hop, sans plus, pour rien, comme à la télévision avec les lapins, lorsque le prestidigitateur claque des doigts et que la foule invitée pour les caméras s'apprête à se lever pour applaudir. Encore une fois j'ai eu impression d'assister à du déjà vu.

Dans le bleu du ciel, la silhouette d'un lapin se découpait sur la ligne d'horizon lorsque j'ai crié.

Et pour briser le silence des lieux, un S.O.S. sourd et profond, comme un peu éteint, a été lancé.

Une obligation, quelque chose d'important, le premier jour de notre vie?

Il y eut un cri dans l'air plus frais du matin. Puis la ville est redevenue silencieuse. Après, bruyante. Ensuite, la ville s'est repliée sur elle-même, silencieuse à nouveau et peut-être même plus paisible sans cet air de musique qu'elle ne l'avait jamais été jusque-là.

L'instantané d'un polaroïd fixant une image qu'on veut garder pour soi dure l'éternité.

Et hop hop hop... Un rendez-vous? Des goélands volent au-dessus du port tandis qu'un chat guette un oiseau dans une ruelle. Une minute magique, un instant jamais vu où pour une fois le temps se serait arrêté, est-ce crédible? Comment prêter l'oreille à toutes ces histoires et comment être juste quand vient le moment de décrire le rôle qu'on y a joué?

Un soleil brûlant me frappait la nuque lorsqu'une foule venue de je ne sais où s'est tout de suite formée sur le trottoir.

Et puis hop... hop... hop...

Je poussai du pied la bouteille restée sur la tôle et lorsque je m'approchai du bord, ceux d'en bas qui avaient relevé la tête crurent que moi aussi, j'allais sauter.

Finale

LA TERRE est une boule, nous le savons. En marquant les jours, on s'aperçoit qu'en un an, notre planète a fait le tour du soleil. Les heures sont faites de secondes et de minutes. Aussi a-t-on souvent l'impression qu'ainsi compté, le temps file à toute vitesse et qu'il finit toujours par se perdre sans rien donner. Peut-être notre véritable consolation vient-elle du fait que les semaines s'enchaînent et qu'en bout de ligne les saisons reviennent?

Comment savoir?

Tout en craignant d'admettre qu'en l'espace d'une nuit le vent du fleuve s'était réchauffé, je constatais qu'il avait suffi de quelques pas sur la ville pour que rien ne soit plus comme avant. Au matin, la saison avait changé. Aussi, continuai-je d'avancer au hasard et, laissant derrière moi une foule agglutinée sur le trottoir, je me dirigeai vers la grande roue dont on n'entendait plus, en cette heure matinale, que le grincement des machines.

C'était maintenant le jour. Fallait-il qu'on actionne les manèges sans arrêt pour qu'on en huile les câbles et les poulies, qu'on en vérifie les boulons et toutes les composantes du moteur? Ou bien n'était-ce là qu'une stratégie publicitaire de plus, une de celle qui se veut discrète mais efficace et qui laisse aux passagers des voitures circulant dans la Haute-Ville le souvenir d'un cerceau d'argent s'agitant dans le ciel?

Au milieu des plaines, les nacelles prenaient leur envol dans le premier quart du cercle, semblaient sérieuses et sages en entamant la deuxième partie pour finir par se donner des airs triomphants une fois rendues en haut, d'où on pouvait voir jusqu'aux États-Unis.

Le soleil faisait resplendir les nickels, les banquettes de vinyle et les marchepieds d'aluminium et pour que tout s'enflamme en même temps, une à une les nacelles se remettaient à descendre, encore altières dans le troisième quart du cercle, pour disparaître et venir s'éteindre lentement sur une plate-forme au ras du sol. Là, mon regard les abandonnait pour s'accrocher à d'autres que je me mettais à suivre dans leur remontée, du premier au deuxième, puis du sommet au troisième quart, et ce, dans une fête sauvage qui semblait ne jamais vouloir s'arrêter.

J'entendis les cris d'une formation de goélands venus du port et pendant de longues minutes, je restai là à regarder une machine qui semblait à tout moment sur le point de se fracasser, mais qui n'allait manquer aucune de ses circonvolutions du matin. À chaque tour sur elle-même la grande roue venait se perdre dans la lumière et peut-être parce que nous en étions précisément à la rencontre de ce premier jour de vacances et du solstice d'été, il fut un temps où le manège, à cause de son angle et de sa forme, vint se fondre dans le soleil.

Pouvions-nous vraiment voir jusqu'aux États-Unis? Les plaines d'Abraham sont de vastes étendues découvertes, desquelles on avait une vue sur le fleuve. Même couchés dans l'herbe, on apercevait les clochers des villages disséminés à travers la Beauce. Chaque printemps il poussait des agglomérations dans la proche banlieue de Québec.

Et était-il sensé de croire qu'une fois le jour levé, il me serait dorénavant possible d'aller encore plus loin?

J'entendais les préposés à l'entretien se lancer des ordres d'une tente à l'autre, alors que d'un kiosque dressé au centre du terrain montaient des parfums de toasts mêlés à des odeurs d'essence venues des pavés.

Quelques écureuils, descendus des arbres, déballaient des restes de sandwichs abandonnés sur place par les promeneurs de la veille, tandis que des joggers encore mal réveillés et qu'on aurait dit tirés par leur chien, tentaient péniblement, dans des costumes extravagants, de ressembler à ces sportifs professionnels qui annoncent les vitamines à la télévision.

Six heures, ce n'est pas rien que le matin. Et à cette heure où l'on en vient à surprendre des petits gestes à peine esquissés qui pourraient nous échapper à un autre moment de la journée, je dus bien admettre que j'étais maintenant devant le vrai versant des choses et qu'avec le jour, il ne me restait plus rien de ce rêve que nous avions fait pendant la nuit. La boule, le canot, notre tour du monde sur la cime des arbres et la Société de géographie, tout cela me semblait tout à coup étranger et après quelques pas en direction de Sainte-Foy où la poursuite de mon ombre finit par me convaincre de cesser de lutter, je virai de bord pour traverser d'une traite tout le Quartier latin et la place d'Youville, franchir prestement le parc des Fortifications et venir reprendre mon souffle en haut de l'escalier des Glacis.

« Une montre, même cassée, a raison deux fois par jour » ou « le toit d'une maison est comme le pont d'un bateau »... Les phrases qu'il avait prononcées me revenaient en mémoire et je ne pouvais oublier qu'il avait dit également : « C'est un drôle de nom, ça, Sainte-Hélène de Breakeyville. Ça doit tenir le monde coincé pas pour rire là-dedans » et je me rappelle que nous avions ri d'un nom aussi étriqué alors que, devant nous, toutes les pelouses s'ouvraient sur le ciel.

En face, le bâtiment de briques acheté par les Japonais s'entourait de fumées comme cela avait été le cas pendant la nuit et si, sur la droite, on pouvait toujours apercevoir les battures de Beaupré s'étirant mollement vers l'est, l'île d'Orléans, elle, à cause de la réverbération de la lumière, n'était plus à cette heure qu'une mince couche d'huile flottant sous le soleil.

Des voies de triage, montait le grincement des grues affectées au chargement alors que dans les ruelles, les chats avaient repris leur place en attente d'oiseaux téméraires, comme ils l'avaient probablement fait la veille, comme ils le feraient sûrement le jour suivant, et devant un spectacle tellement bien rodé que tout à coup il m'apparût possible de revenir en arrière, pendant un instant j'eus du mal à croire à ce qui s'était passé.

Peut-être les choses seraient-elles plus simples au grand jour?

L'étendue d'un ciel trop grand et puis cette plate-forme de planches rivée à la falaise où nous nous étions reposés. L'orage, la tour de l'horloge et la marquise du Mall Saint-Roch sur laquelle nous avions couru. Aussi, le dôme de l'ancien Colisée, les courts de tennis créés par les constructions du centre commercial, la chaîne des Laurentides et ces cheminées d'usines maintenant plus proches sous le soleil... À revoir toute la ville à l'envers comme on regarde le négatif d'une photo, j'en vins à imaginer le monde comme un labyrinthe dans lequel on pénètre sans véritablement comprendre et pour la première fois depuis des heures, il me vint cette idée qu'après le bal, nous avions peut-être eu tort de ne pas avoir dormi. Me fallait-il maintenant tirer un trait sur tout ça, tenter d'oublier, essayer d'en rire, ou bien valait-il mieux me mettre à courir le long des rues et chercher à faire renaître les moindres détails de ce que nous avions vécu en venant gratter du bout des ongles les murs de briques?

Sans remords, la ville ne s'occupait plus que d'elle-même, ne s'intéressait plus qu'à elle-même, et comme elle semblait se ficher complètement d'un exploit devenu dérisoire, je fus bien proche de

pleurer. L'amnésie avait frappé Québec. Ou la ven-
geance semblait s'installer au cœur de Québec
lorsque, cachée derrière un nuage créé par un flot
de camions au ralenti, elle fut bien proche de me
faire admettre que depuis le début nous avions
voulu faire le tour de la terre, alors que jamais
encore nous n'avions abordé simplement ce que
nous avions sous les yeux.

Une ville peut-elle véritablement garder ran-
cune ?

Dans cette quête de ce que nous avions été, à
part sa chemise retrouvée sur une branche, aucun
indice pour me venir en aide ; peut-être valait-il
mieux me dire que la vie avait repris son cours et
qu'une autre journée comme celle de la veille
venait de commencer ? Je ne savais plus.

Aussi, laissant derrière moi un tas d'énigmes
contre lesquelles il était évident que je ne pourrais
rien trouver, je dévalai le reste de l'escalier pour me
mettre à courir sous l'autoroute et finalement
m'engouffrer dans le Mall par la première porte
venue.

C'était encore le matin. Et si jusque-là, à cause
d'une nuit sans sommeil, j'avais eu l'impression
d'être arrivé au milieu du jour, à voir tous ces gens
mal réveillés se presser devant les comptoirs à café,
je découvrais, avec le première bouffée d'air artifi-
ciel entretenu entre les murs, que le temps est
quelque chose d'élastique et de fluide et qu'il n'a
de véritable consistance que dans l'intérêt que nous
lui portons.

À l'intérieur du marché Métro qui venait d'ouvrir ses portes, on retrouvait sur des carreaux brillants de propreté des caddies alignés, des caisses enregistreuses les unes à la suite des autres et des dizaines de lotissements de conserves de différentes grosseurs circonscrits au milieu d'allées semblables et parallèles où s'empilaient des articles en promotion. «Lotissement»... C'est le mot qu'il aurait lui-même lancé, pensai-je un instant tout en étant certain qu'il aurait rajouté du même souffle, comme on fait quand on est jeune: «Tu crois qu'on peut parler de lotissement lorsqu'il s'agit de conserves réparties en îlots sur le plancher d'une grande surface? Bien sûr, la segmentation est similaire à ce qu'on retrouve pour le plan des villes, mais...» Il se serait alors ingénié à imiter ce qu'il appelait le langage bébé qui consistait à lancer une affirmation plutôt grosse et tout de suite après en venir tempérer les effets. Un peu le contraire du discours des personnes âgées qui prenaient plaisir à ressasser des évidences, selon lui. Il se plaisait à répéter devant un homme qui passe dans la rue: «Un homme passe dans la rue.» Devant un autobus qui s'arrête: «L'autobus s'arrête.» Il continuait encore en rajoutant: «Dépassés soixante, ils parlent tous comme ça, radotent ou causent pour ne plus réfléchir.»

En cette heure où les caddies s'emboîtant les uns dans les autres se faisaient le pendant de caisses enregistreuses, elles aussi alignées près des commis frais rasés, l'allée centrale me semblait trop étroite pour marcher à l'aise. Aussi lorsque j'arrivai devant un tableau décrivant en détail l'ensemble des établissements d'un centre commercial artificiellement monté, j'aurais aimé pouvoir casser l'écran de verre et déchirer le plan en couleurs qu'on y avait épinglé.

Le Yellow, où l'on vend des couvre-chaussures bon marché. La Place Cartier, qui est un ensemble dans un ensemble. Le restaurant d'allure coloniale avec son menu «poulet, poulet frit, BBQ, aile de poulet et cuisse de poulet» en grosses lettres dans la vitrine. Comme si une suite de mots écrits en caractères gras derrière une vitre avait le pouvoir de résumer à elle seule toute une ville.

Une odeur de cuisine flottait entre des effluves de détergent et soudainement, j'ai eu l'impression que le centre commercial, comme l'ensemble des rues autour, n'était rien d'autre qu'une suite de signes, de mots et de graffiti, d'alignements de tablettes et de pyramides de conserves assujettis à une horloge dont les aiguilles s'étaient emballées... et que quoi que l'on fasse et quoi que l'on dise, on n'y échappe jamais à cette prison faite d'un monde de poulets rôtis frits ou BBQ, de poitrines, d'ailes ou de cuisses ou BBQ, ce monde de compartiments écrits en lettres aveuglantes que nous cherchions à fuir et qui semblait réapparaître avec encore plus de vigueur chaque fois que nous tentions de nous en éloigner.

Des parfums d'encaustique et de savons industriels nous prenaient à la gorge comme si on avait voulu s'assurer que la propreté des lieux nous sauterait au visage dès qu'on ouvrirait une porte sur le couloir. Si bien que lorsque j'arrivai devant un ensemble de fougères en plastique entassées sous une lampe halogène, je ne fus plus certain de trouver dans le centre commercial assez d'oxygène pour être à même de reconstruire toutes les étapes qui nous avaient menés, la veille, de la rue de la Couronne à la rue Saint-Dominique.

À cette heure, quand il faisait encore nuit, vu d'en haut... le grand passage en bas. Ici nous avions couru.

Là, nous avions fait une pause devant la Banque Nationale dont la façade de pierre diffère des autres bâtiments et qui avait dû, à une certaine époque, être la fierté de tout le quartier.

À gauche, le Radio Shack.

Et là encore, ce salon de barbier entre deux poteaux dont nous avions exagéré la réputation de pouilleux.

Laliberté fourrures, le kiosque à jus et le club Exxxtasy trois X, voisin de l'église qui affichait l'heure des messes là où, par souci d'économie, on avait omis de percer des soupiraux.

☐

Même au mois de juin, on vendait des manteaux de fourrure au milieu du Mall Saint-Roch. On trouvait aussi des souvenirs qui identifiaient tour à tour chacun des quartiers de Québec. Des concierges, à l'air bien portant comparés aux rares promeneurs de l'avant-midi, cherchaient à faire

reluire au volant de machines compliquées le par-
quet d'une rue qui n'en était plus tout à fait une et
qui ressemblait, à cause de ses assemblages de
colonnes de carton-pâte alignées deux par deux, à
une salle de bal d'une autre époque. C'était un
château, un soir de fête, un conte de fées inventé
pour s'étourdir... et je me rendais compte, en
regardant autour, que jusqu'à cette dernière nuit,
nous avions été des pauvres se promenant dans un
décor de palais.

Par le lanterneau du marché Métro, nous avions
longuement observé les gens manœuvrer avec déli-
catesse les fruits et les légumes, mettre de l'ordre
dans les conserves et les boîtes de spaghetti, tra-
vailler dans l'ombre afin que tout soit prêt pour le
lendemain.

À la boutique du cordonnier, nous avions
regardé nos bottes et comparé nos semelles et
il avait déclaré que ces gars-là, compagnons-
chausseurs, travaillaient pour rien, compagnons-
chausseurs mais qu'ils étaient leur propre patron ...
D'ailleurs, on les entendait souvent répéter ça dans
des reportages, à la télévision, qu'ils étaient leur
propre patron, et ça voulait peut-être dire qu'ils
étaient heureux.

Au-dessus du Peoples, nous avions ri à la vue
d'un t-shirt avec *Mall Saint-Roch University* écrit
dessus.

Et puis près des toilettes, on avait placé des
chaises en demi-cercle pour écouter de la musique
comme dans un jardin.

De cet accès au centre commercial donnant sur la rue Monseigneur-Gauvreau à la sortie de la rue du Pont, et de la porte de la rue de la Chapelle à cette dernière débouchant sur la rue de La Couronne, avec la remontée des grillages à la devanture des magasins, le murmure solitaire des promeneurs venait se perdre parmi les sons des *pinballs* déjà en marche en cette heure matinale. Et malgré le passage de la nuit à la lumière, et puis ce contraste entre l'air du soir et cette atmosphère viciée entretenue artificiellement à l'intérieur, je continuais d'aller lentement, cherchant à recréer chaque détail de la veille. Si j'avais d'abord imaginé qu'après la chute tout aurait pu être différent, je dus me rendre compte qu'avec le jour, la vie reprenait son rythme et que, finalement, rien n'avait changé.

Au terme d'une autre journée, les couleurs plus brillantes du matin se feraient plus sombres vers la fin de l'après-midi, les cris stridents des manœuvres seraient remplacés par les rires d'autres bandes d'adolescents désœuvrés, l'odeur du café se perdrait quelques heures plus tard dans les relents d'alcool ou de parfum et puis comme la boule tourne sur elle-même, tout recommencerait.

La Banque Royale, le Dollarama, le magasin Métropolitain devant la sortie de la rue de La Couronne. Le kiosque du vendeur de billets de loterie, le guichet automatique, et puis toutes ces boutiques aux devantures trop éclairées qui semblaient vouloir vous éblouir pour mieux vous duper. L'une après l'autre, les vitrines avaient repris leur place comme si c'était la seule chose à faire puisque le reste ne comptait pour rien, et lorsque je passai la porte qui s'ouvrait sur la lumière dure de la rue Saint-Joseph, je crus retrouver ces mêmes notes de la veille alors que sonnait midi à l'horloge du quartier.

Parcourir la ville en sens inverse n'eût-il pas valu la peine, dans ce cas-là? Et puis avoir l'ambition de regagner le lac Pikauba au milieu du parc des Laurentides, ou descendre en un jour tout le fleuve en canot, nommer un à un les villages qui vont de Québec jusqu'à la frontière, ou enjamber un mur d'eau que certaines espèces de poissons jugeaient elles-mêmes infranchissable... tout ça aussi eussent été des entreprises inutiles?

Je recommençai à marcher en direction du quartier Saint-Sauveur, remarquant au passage tantôt une corniche fragile, tantôt une girouette tournant sur elle-même et lorsque devant l'esplanade où, quelques heures plus tôt, nous avions été comme des écureuils s'élançant imprudemment d'une branche à l'autre une équipe d'éboueurs arriva au pas de course, j'eus la nette impression qu'on s'affairait maintenant à faire disparaître toute trace de la nuit, et que le temps d'une demi-révolution de la terre séparait déjà ce qui était de ce qui avait été.

La rue Victoria, la rue Durocher et la petite rue Saint-Germain avec ses maisons aux murs lézardés...

L'avenue des Oblats, la rue Sainte-Thérèse, et la rue Saint-Bonaventure que nous avions parcourue en marchant avec le bras à l'épaule.

La courte rue Garagonthier.

À chaque intersection, je retrouvais le chemin que nous avions connu la veille et devant toutes les stations-service, je revivais les prouesses que nous avions effectuées. Là, nous avions sauté, là, nous avions couru, tandis qu'ici... Pourtant la ville me semblait méconnaissable sous le soleil, aussi je continuai d'errer dans un dédale de bâtisses et de ruelles, bifurquant par un terrain vague ou contournant un parc, et lorsque sur des bancs de jeunes mères portant des enfants braillards me jettèrent des regards inquiets, je préférai continuer de marcher pour finir par me réfugier sous un abribus.

Des sourires, des froncements de sourcils, des bouches d'où sortaient des paroles et puis des bouches ouvertes sur le vide...

Scruter un à un les passagers restés là à attendre, dévisager des inconnus de cette façon, je pensai que c'était une chose que je n'avais jamais faite auparavant et pendant un instant, il devint à peu près certain que c'était à tout ça, attendre l'autobus, passer toutes ses journées au milieu de gens aux lèvres serrées, s'incruster dans un bureau de la Haute-Ville, que c'était à ce monde-là qu'il avait tenté d'échapper en venant se jeter sur le trottoir de la rue Des Jardins.

Qu'est-ce qu'il avait cru comprendre, ou oublié, quelle était cette chose que je m'efforçais de connaître et qui, depuis le début de l'aventure, semblait s'ingénier à vouloir m'échapper?

Sous le soleil de l'après-midi, les véhicules continuaient d'avancer à la queue leu leu, et je restai là

à les regarder circuler péniblement, comme si chacun, aveugle, cherchait à tâtons dans le noir...
jusqu'à ce que les ralentissements de plus en plus
fréquents d'une auto-patrouille me convainquent
de continuer.

Dans ma propre ville, les toits m'apparaissaient
souvent plus confortables qu'un simple abribus de
verre, puisqu'on pouvait s'y arrêter sans que personne ne vienne nous inquiéter, aussi me revinrent
ces images d'un roman de Kérouac où le héros
s'était décroché une job dans une tour de garde-
forestier.

Rester des heures à regarder le ciel, surveiller les
nuages, compter une à une les têtes de sapin et
d'épinette comme si elles étaient les fers de lance
d'une armée siégeant pour nous protéger. Se tenir
en dehors de la mêlée et bâtir autour de soi une
muraille comme la ville elle-même, à une certaine
époque, s'était réfugiée à l'intérieur de sa cita-
delle... Serait-ce ce que, dorénavant, j'aurais de
mieux à faire ?

Les raisons qui l'avaient incité à sauter dans le
vide se précisaient maintenant sous le soleil et
même si j'avais toujours été loyal envers celui qui
avait fondé notre Société de géographie, en pro-
gressant d'une rue à l'autre je ne pouvais oublier
que dans la réalisation de ses projets, j'avais souvent
joué le rôle du trouble-fête et que dans sa dernière
expédition, je ne l'avais pas suivi.

Je marchai encore jusqu'au bout de l'avenue
Champagnat où l'on a placardé les fenêtres d'une

maison ancienne dont personne ne voulait, et lorsque j'arrivai devant le parking de notre école où les ruelles étroites s'entremêlent comme des notes sur une portée, des cordes à linge chargées de draps se firent pour un temps encore des écrans sur lesquels tout se remit à bouger.

Le pied sur un pare-chocs, le capot d'un camion... grimper sur le toit d'un autobus... je me rappelle, tout ça avait commencé comme ça.

Des musiques, un orchestre, un soir de bal...

S'il y a des airs que nous connaissons, nous allons nous mettre à siffler.

Nous tapons dans nos mains.

Des fois, comme si c'était chacun pour soi, tout le monde chante et danse en même temps. Puis la musique monte encore d'un cran et alors les convives se mettent à hurler.

Une nuit de fête, le premier soir de l'été... Comme une neige au temps du carnaval... Ce n'était pas la première fois qu'il se réfugiait contre le coupe-feu d'un immeuble et je me rappelle qu'il déplorait chaque fois le fait de ne pas pouvoir s'envoler.

L'orage qui s'était abattu sur la ville.

Puis la lumière d'un gyrophare qui s'éloigne, l'aile d'une chauve-souris se découpant sous un ciel sombre et le cri d'une sirène venu des installations portuaires... Était-il sensé de croire qu'il exista des liens entre tout ça et de prendre au sérieux les conséquences de quelques notes perdues qui font que, pendant un instant, le temps s'arrête ?

J'en étais certain. Un air d'accordéon venu de la Haute-Ville avait enjambé les ruelles, s'était engouffré entre les maisons et nous avait arraché à un sol où, du pare-chocs d'un camion au toit d'un autobus et d'un garage à la corniche d'un ancien presbytère... je me rappelle, à cet endroit précis, il m'avait donné la main.

Aussi le vent plus frais, la pluie d'été, et ce navire que nous avions repéré sur le fleuve et qui nous avait salué de trois longs sifflements en continuant sa route sur Montréal.

Une minute où le temps vacille, était-ce possible? Et puis était-il sérieux de croire qu'après cet instant où l'horloge se serait détraquée, l'on pourrait toujours entreprendre quelque chose, entretenir un rêve ou simplement trouver en nous encore assez de force et de courage pour continuer?

Par intervalles réguliers, une Ford Mustang tournant sur elle-même dans les limites d'un quadrilatère mal défini klaxonnait devant les pompes d'un Shell abandonné. La voiture s'avançait, s'impatientait, puis repartait parmi les éclats de rire, comme si le bal de la veille se poursuivait, comme il s'était poursuivi pendant la nuit, et comme si cela ne dérangeait personne que la fête continue sans tous ses participants.

Des rayons de soleil venaient se briser sur des sacs à ordures éventrés contre le trottoir et lorsqu'à la hauteur du boulevard Saint-Sacrement le même air de musique me jeta à la face qu'ici, il y a quelques heures à peine, nous avions rampé ensemble et que là nous nous étions élancés sans savoir, je dus bien admettre que quelque chose m'avait échappé, que, le monde du matin était différent de celui du soir, mais que d'une certaine façon il ressemblait point par point au monde qui m'était familier, avec cette même lumière et cette même solitude qui, comme pour ces notes de musique, m'avaient poursuivi jusqu'ici.

C'est lui, *Le temps des cerises*, pensai-je en me retournant vers les hauteurs d'où me venaient les quelques arpèges que j'avais cru perdus. L'air de Montand... Tout le monde le fredonne mais personne ne peut en nommer l'auteur. C'est injuste, pensai-je encore. Aussi je restai de longues minutes à tendre péniblement l'oreille pour me rendre compte combien les bruits du jour complétaient ceux de la nuit, comme si tout cela était organisé d'avance et que, dans le fond, il y avait vérita blement un chef d'orchestre caché dans l'air.

On se fend en quatre pour écrire la plus gentille petite chouetterie que la terre n'ait jamais portée et tout ce que les autres retiennent, ce sont les grosses lèvres de Montand. Jean-Baptiste Clément, l'auteur... répétai-je pour bien me convaincre qu'il restait au moins à ce jour une personne pour s'en souvenir. alors que l'histoire ne mentionne même pas s'il a écrit autre chose, s'il était marié ou avait des enfants, alors qu'on s'intéresse au moindre potin qui concerne le premier crétin venu.

C'est injuste. N'importe quel trou de cul... N'importe quel trou de cul inventeur de connerie... N'importe quel assassin...

Je me retournai pour regarder en direction des quelques toits restés jusque-là dans l'ombre de la falaise et lorsque, d'un bond, un rayon de soleil vint faire reluire d'un même éclat les tôles et les grains de sable des couvertures, sans trop savoir pourquoi, s'installa entre la ville et moi une gêne étonnamment semblable à celle qu'on avait ressentie dans le gymnase du collège, quelques heures plus tôt, lorsqu'on s'était mis à chanter sans l'accompagnement de l'orchestre.

Les mots persistent et ça doit être ça le principal de l'affaire, me dis-je encore pour me rassurer. Peut-être l'auteur de cette chanson a-t-il connu assez de succès de son vivant pour mourir heureux ? Et puis par ici, dans le Nord, qui peut oublier que le temps du bonheur se passe en début d'été, ce temps de l'année où l'on croit tout permis, rajoutai-je encore pour moi-même en essayant de reconstituer l'image d'un homme dont la gloire avait été usurpée et de comprendre comment le temps des cerises, qui doit bien s'apparenter à celui des récoltes, pouvait se retrouver aussi tôt dans l'année.

Dix fois, vingt fois, trente fois étaient les chances que ceux qui entendaient cette musique à cette heure ne puissent dire qu'elle allait de pair avec des paroles et puissent nommer celui qui les avait écrites ? Probablement... La chanson était ancienne et il fallait reconnaître qu'un autre se l'était appropriée. Pourtant, devait-on conclure que c'était injuste et qu'en un sens, Montand l'avait volée ?

Sans trop savoir, je continuai en direction du quartier Saint-Sauveur et lorsque devant une ville devenue étrangère, il m'apparut évident qu'il n'y avait rien à entreprendre contre l'inexorable progression du jour, je décidai de mettre le cap vers le nord et d'atteindre les Laurentides avant la nuit.

La forêt originelle commençait à moins de cinquante kilomètres de Québec. Avec ses lacs aux pêches miraculeuses, l'ours brun rôdant autour des camps et ses formidables tempêtes d'hiver, jamais encore nous nous étions sentis assez forts pour nous en approcher.

Nous avions toujours souhaité parcourir des hectares de forêt sans descendre des arbres.

Et justement, là-bas, c'était la montagne et puis quoi qu'on en dise, il devait bien rester un ou deux endroits à peu près propres sur cette foutue planète.

Aussi, sans regarder en arrière, je retraversai la rivière Saint-Charles, franchis parmi un flot d'automobiles aux abois un boulevard Hamel surpeuplé et lorsqu'au pas de course, je débouchai devant l'hôpital du Christ-Roi dont la façade austère s'avançait comme un indice au soleil, pour la première fois depuis le matin, il me vint cette idée qu'il n'était peut-être pas trop tard et que, derrière une de ces fenêtres aux stores encore fermés, il me regardait avancer.

□

La terre est une boule, nous le savions. Ce que nous souhaitions, c'était d'en faire le tour. On pouvait atteindre un même point en partant vers l'est ou vers l'ouest. Pourtant pourquoi continuions-nous d'aller lentement, en rampant pensions-nous parfois, comme si le monde était terne et la terre, quelque chose de plat?

Mille rencontres à notre Société de géographie n'avaient pas su répondre à des questions comme celle-là. Dix mille heures à faire glisser nos doigts sur des cartes n'avaient pas plus réussi à étancher notre soif. Aussi, délaissant le bord des routes, je resserrai sa chemise autour de mon cou et pénétrai sans plus attendre dans les terres en friche que j'aurais eu bien du mal à définir tant les mots que nous avions l'habitude d'utiliser me semblaient maintenant étrangers à ce qui se retrouvait autour.

Très bon sujet pour nos soirées du mercredi, Monsieur le Président.

C'était tantôt des landes sablonneuses, tantôt des tourbières recouvertes de mousse, avec des arbres et des éclaircies dispersées inégalement... et si jusque-là le fracas de la ville m'avait poursuivi tout au long de la 173, maintenant, à cause d'un buisson, d'une rocaille ou d'une simple anfrac-tuosité du sol, un calme régnait comme si tout à coup on avait mis tout un morceau de ciel sous une bulle de verre. Comment présenter une banlieue qui n'aurait pas encore de construction, des champs abandonnés en attente de bungalows, des BBQ ou *driveway* restés collés sur une planche à dessin? Je n'avais pas de mot pour désigner cette réalité que lui aurait voulu nommer, aussi, je continuai d'avancer, persuadé qu'il se tenait debout à l'une des fenêtres du Christ-Roi... et qu'il ne me laisserait pas tomber, globe terrestre et cartes routières à la main, mon compagnon de fortune, mon ami depuis notre première année d'école, mon meilleur chum... et sentant son regard peser sur mes épaules aussi lourdement que les rayons du soleil sur ma nuque l'avaient fait quelques instants plus tôt, j'imaginai que si je gardais le cap, nous resterions ensemble et que je ne serais plus jamais seul... Ce n'était pas sérieux, c'était clair, et je le savais déjà, même à ce moment-là, mais comment dire ? L'air autour me semblait plus doux qu'avant et, malgré le fait qu'au matin j'avais abandonné cette idée de refaire la ville sans toucher par terre, j'étais maintenant certain que toutes mes interrogations resteraient bien vivantes et que je n'oublierais jamais ce qui avait fait nos soirées du mercredi.

□

Acheter un vieux char, monter au Lac-Saint-Jean, atteindre Notre-Dame-De-La-Dorée qui s'étire le long de la route et Chibougamau qui se jumelle à Chapais... puis traverser d'une traite tout le nord du Québec dans sa largeur, de jour et sans dormir, en faisant des bye-bye à Lebel-sur-Quévillon et Desmaraisville, pour s'en venir boire du Coke sur le dernier banc de la cathédrale d'Amos avant que le soir ne tombe : nous le ferions.

Prier...

Ou bien descendre le Saint-Laurent, contourner la pointe de l'île et ramer encore plus loin que l'embouchure du fjord à Tadoussac. Est-ce que nous aurions la patience de préparer nos vélos tout un hiver? Est-ce que nous achèterions des boussoles aussi et en septembre, était-il sensé de croire qu'avec un simple pack sac, comme ces sous-marins de guerre que nous rêvions de commander, nous pourrions refaire des jours durant, sans jamais fléchir, toutes les grèves du fleuve, de Québec jusqu'à Gaspé?

La terre est un ballon qui tourne et lorsque nos doigts arrivent sur le dessus, toute la main roule avec la boule et revient par l'autre côté.

Sauter d'une maison à une autre, légèrement, je l'ai dit, en nous laissant glisser comme des écureuils le long des fils électriques. Je le répète, nous recommencerions.

Pisser sur les autos qui passent et suivre pas à pas les traces d'un renard en hiver.

Et puis marcher dans les champs, sans but, et cueillir des bleuets quand ce serait le plein été.

Nous irions aux fraises aussi et, enivrés par les odeurs d'herbe coupée, nous pourrions nous pencher avec sérieux sur ce qui, un jour, nous avait séparé.

Parce que fallait-il avoir été naïf pour croire que les mots s'effaceraient d'eux-mêmes, ou bien qu'en traversant la ville sans toucher par terre on pourrait surprendre cet instant où le soleil va rejoindre l'eau du fleuve, comme si le monde pouvait être véritablement quelque chose de neuf?

Avant nous, combien d'élèves en avaient-ils fait le rêve et combien de femmes et d'hommes en avaient eu l'incroyable projet? Fallait-il dire toute la vérité, rien que la vérité, je le jure? Dire toute la vérité qui se résume trop souvent en nos croyances, celle pour laquelle on voudrait se battre, la défendre jusqu'au sang, en payer le prix de sa vie? Toute la vérité rien que la vérité je le jure, fallait-il la chercher jusque dans la mort cette vérité pour laquelle on était prêt à tout abandonner?

Je me rappelle les toilettes de l'école où l'eau et le sang mêlés donnaient une couleur plutôt fade au plancher. La musique nous parvenant du fond de la salle. Et son regard inquiet, surpris et étonné d'entendre des mots qui n'auraient jamais dû être prononcés. J'ai déjà parlé de son regard affolé... Tout ça pour quelques lettres dites presque lentement, en haussant un peu les épaules comme lorsqu'on est sur le point de faire quelque chose qui ne comptera pour rien dans le fond...

Du langage bébé, comme il disait. Cette façon selon lui d'avancer une idée et de s'acharner tout de suite après à en tempérer les effets. Était-ce ce qui s'était passé lorsque, sur la piste de danse, il avait annoncé son départ et que moi, en mauvais joueur, parce que je me sentais peut-être délaissé, j'avais avancé: «Tu ne le feras pas. Je ne dis pas que tu ne t'éloigneras pas un peu, mais... vraiment partir, non....» C'est à ce moment qu'il m'était tombé dessus et que nous avions roulé sur le plancher.

Il m'arrive de ressasser certaines choses inimaginables. Comme voir quelqu'un négliger de tendre une perche à celui qui se noie. Comme voir quelqu'un qui se bouche les oreilles au passage d'une ambulance dans la nuit. Comme voir quelqu'un qui pleure dans ses mains parce que, depuis le début, il n'a rien compris.

Existe-t-il un crime plus grave que la trahison d'un ami?

□

Il était debout sur la corniche.

Je restais à demi éveillé.

Pour lui, ça allait être un dernier tour de piste.

Je l'ai déjà dit : le 21 juin à cette minute précise quand au lever du soleil ce sera le premier jour de l'été.

L'air monte et descend dans nos poitrines.

Dans un tourbillon de lumière, les parfums changent à chaque tournant.

Il y a des vagues auxquelles se rattachent les dernières brumes.

Et puis sur la ligne d'horizon, le jaune et le bleu du ciel inventent un chemin.

Comme je l'ai dit : debout sur la corniche, sur le dos, sur le ventre, la joue dans le poing, le coude sur la tôle, tout le corps appuyé sur les talons.

Comme je dis encore : debout sur la corniche, ou étendu au soleil, assis en petit bonhomme ou bien à genoux devant une cheminée pour prier.

Comme si nous avions peur que nos vies soient trop courtes lorsque nous nous rendions compte que nos semaines d'école passaient de plus en plus rapidement.

Aussi, nous levions les bras au ciel.

Nous renversions la nuque par en arrière.

Et comme nous n'avions à répondre de rien, devant un reste d'étoile, nous nous étions endormis.

Sur le dos, sur le ventre, le coude en appui-livres sous le menton.

Le 21 juin quand, avec le lever du soleil, ce sera le premier jour de notre vie.

Comme je dis encore : étendus sur la toiture chaude. Regardant nos poitrines monter au même rythme que les vents de la saison.

Comme si nous voulions revenir en arrière et oublier pour toujours les mots qui avaient été prononcés.

Assis, debout ou appuyés contre les murs de briques, ou bien à genoux l'un contre l'autre devant le ciel, devant le fleuve, devant l'île, devant le soleil ou devant les routes, la plaine ou le clocher des villages, les bornes lumineuses, les frontières fragiles et les affiches Pepsi.

Le bras sur l'épaule, les rayons du soleil sur les cheveux, un genoux sur la tôle... Est-ce que c'est comme ça ?

Est-ce ainsi qu'il nous fallait faire pour revenir en arrière, pour faire renaître nos rêves et toutes ces heures que nous avions passées ensemble à la Société de géographie ?

☐

Je continuai de mettre les pieds l'un devant l'autre, parfois en repoussant une branche de la main, parfois en trébuchant sur un sol de plus en plus rocailleux qui annonçait déjà les contreforts de la montagne. Et je parcourus encore plusieurs kilomètres en serrant sa chemise dans mon poing, comme si un morceau de coton sale c'était tout ce qu'il me restait pour me raccrocher à ce que nous avions été.

Tout était calme autour. Le centre de détention, le zoo avec son totem et puis la cime des arbres au loin... De toute évidence, l'ensemble de ce qui se retrouvait sous mes yeux devait être aussi visible de la ville. Pourtant il me venait des doutes lorsque je cherchais à évaluer la portée d'une vision d'homme, « si petit » me disais-je, alors que de l'Ancienne-Lorette à Charlesbourg, de l'aéroport de Québec aux battures de Beauport, le territoire est tellement vaste qu'il donne le vertige.

De mon épaule, le soleil avait glissé sur mon bras et bien qu'il soit encore trop tôt pour parler de fraîcheur, l'air qui avait suivi n'avait pas perdu de temps pour se faire encore différent, peut-être plus tendre, avec des reflets roses dans un ciel mordoré. Mon ombre sur l'herbe grandissait.

Et j'avais les Laurentides droit au nord. Avec leur masse se dessinant à portée de main, je continuai d'aller d'un bon pas pour franchir d'autres prés, buissons et terres vallonnées qui me laissaient encore une fois l'impression d'avoir été autrefois des fermes de culture, mais qu'on aurait abandonnées aux spéculateurs par la suite. On le constatait aux restes de solage qui pointaient ici et là, venant créer des pics autour desquels poussaient des framboisiers. On le remarquait aussi aux arbres, jeunes ou plus anciens, parfois couchés ou s'appuyant les uns contre les autres, comme si, à l'image de ces fermes désertes, les arbres poussés le long d'anciennes clôtures n'avaient su, à leur époque, constituer une véritable forêt.

Était-il trop tard pour revenir en arrière et parler cours, sports, ou s'inquiéter de la situation de l'emploi comme cela se faisait tous les jours?

Une chanson disait: «Cayenne c'est fini»... et nous avions été bien prêts à le croire... mais il devait subsister des pierres, des rues et des trottoirs, me semblait-il, qui, même enfouis sous l'herbe, devaient résister.

Nous disions qu'un jour nous prendrions un bateau pour nous rendre à Cayenne. Le soleil, comme un soleil d'Afrique, y est cuisant. Je crois que c'est le soleil qui baignait la ville qui nous la rendait unique. Car si nous pouvions passer des heures à rêver des fjords d'Oslo, des vents du désert ou du soleil de minuit, c'est toujours vers la capitale de la Guyane que nous aimions revenir, parcourant inlassablement le territoire, poursuivant son mystère aussi loin que Georgetown ou Paramaribo.

Comme si nous souhaitions saisir, en secret, les images d'un monde qui nous avait échappé.

Comme si, pour rendre la vie belle, il fallait savoir déserter.

Comment accepter de vivre dans un amas de goudron sale alors qu'un monde immense et magique semblait se tapir à portée de main? Être raisonnable?

Kerguelen

Île-du-Prince-Édouard, Afrique du Sud

Gough

Avec la Société de géographie, nous apprenions à rêver.

Nous faisions sonner les lettres dans nos bouches, nous levions les bras au ciel. Nous étirions nos mains. Nous nous gardions du temps pour réfléchir. Et nous nous efforcions de comprendre toutes les énigmes qui nous étaient présentées.

«En quittant quelqu'un, c'est chaque fois un propos ou des rires qui s'effacent.» Ou bien: «Il ne se trouve qu'une seule personne sur terre pour apprécier totalement une idée précise, et toutes les fois qu'on perd un ami, c'est une partie du monde qui disparaît.»

Le Yémen, les Kouriles et la route qui va de Chibougamau jusqu'à Senneterre... Ou bien cette descente du fleuve en canot à cette minute précise où nous dépasserions les îles du Bic. Je me rendais compte maintenant que ce n'était qu'avec lui que je pouvais en parler, les autres ne pouvaient pas comprendre. Toute une suite de mots, de phrases et d'images s'envolaient ainsi avec son départ et même s'il devenait de plus en plus clair que nos livres nous avaient malmenés comme des pages au vent, je restais convaincu qu'une fuite n'arrangerait rien et qu'il était toujours nécessaire de s'accrocher.

Je continuai d'avancer.

En gagnant en hauteur, le sol se faisait sec et pierreux. Aussi puis-je garder le même rythme qu'au début, sentant dans mon dos la caresse de son regard et du soleil.

Un pied... Un pas... Un pied devant l'autre, un pas sur l'arc-en-ciel, un pied sur une motte, un pas par-dessus les branches, les pieds allant l'un devant l'autre entre les cailloux...

Dans l'air du soir, une centaine de martinets tournèrent follement sur eux-mêmes et disparurent, happés par le ciel.

Sur la crête des plus vieilles montagnes du monde, de minute en minute les nuages prirent une couleur pourpre comme on le voit seulement quand c'est l'été.

Et sans que je n'aie rien vu venir, un banc de brume passa au ras du sol tel un convoi, sans s'arrêter.

Neuf heures, peut-être plus ?

Depuis quelque temps déjà, des rideaux de velours se glissaient entre les arbres, comme mon ombre courait toujours plus loin devant et pendant que j'escaladais les premiers rochers, un concert de grenouilles annonçait à la ronde ce qui allait être la nuit d'été.

Certes, on entendait encore sporadiquement le vacarme de la 173 qui montait vers le nord, mais c'était le chant des grenouilles, des grillons et de toute cette faune qui habite l'eau des étangs qui allait croissant, submergeait la circulation et venait maintenant s'accorder aux airs de la veille.

Blue Suede Shoes, Ton visage et puis les disques de Souchon... Aux notes de la nuit venaient se greffer les musiques du bal, plus chaudes qu'avant, et avec plus de rythme encore. Comme si, de toute la journée, les musiques ne m'avaient jamais quitté, s'étaient gorgées du bruit des automobiles sur les routes et réchauffées aux rayons du soleil.

Il y eut des odeurs de trèfle et de fraise.

À un moment donné, j'ai véritablement eu l'impression que du bout de leurs ailes, les premières chauves-souris me touchaient la main.

Il y eut le cri d'un coyote.

Et vint un temps où, à cause du retour des notes de l'accordéon se mêlant au bourdonnement des étangs sortis de leur sommeil, je fus bien proche de tomber.

Parce qu'un air de musique venu de nulle part, quelques portées se rattachant les unes aux autres, des notes allant d'abord sur la tôle des toits, puis se mettant à rebondir dans les champs d'herbes, qu'est-ce que tout cela pouvait bien signifier?

Qu'il fasse jour ou nuit, quelle importance en somme?

Le temps des cerises, des chansons brésiliennes, *Ton visage*...

Glissant entre les cris des insectes, la musique me revenait à la fois lointaine et familière, présente de telle façon qu'en arrivant près d'un cours d'eau qui coulait lentement vers le sud, je crus que les notes elles-mêmes m'invitaient à me désaltérer.

Je me souvenais du goût de l'eau sous l'orage. Pendant la nuit, alors que nous croyions toute la ville endormie, nous avions avalé imprudemment toute une bouteille de Johnnie Walker, funambules improvisés où, nous lançant la bouteille, nous allions jusqu'à composer des numéros. Newton... la pomme... Passez-moi le 40 onces, Monsieur le Président. Pour ces clowns acrobates que nous étions devenus, il semblait évident que le numéro du père Noël dont la culotte reste accrochée à une cheminée, nous l'avions inventé.

Je me souvenais du courant du fleuve, du jet d'un balai mécanique contre la bordure d'un trottoir et de la rivière Saint-Charles, vive comme un torrent après la pluie...

Je me rappelais la falaise abrupte, la Haute-Ville, tout le plateau et la Basse-Ville... Et puis il y avait eu cette vallée onduleuse que j'avais voulu franchir sans m'arrêter. Aussi je traversai la rivière des Hurons en tenant mes chaussures sur la tête, pour ensuite grimper quelques monticules et puis rejoindre les premières hauteurs du terrain, cette démarcation large et parallèle au fleuve qui constituait une espèce de réservoir de lacs par rapport à la ville plus au sud.

Lac Delage, lac Frippon, lac Clément... Le plus grand de tous ceux-là est le lac Saint-Charles qui ressemble à une tête d'orignal dessinée à plat lorsqu'on le regarde sur une carte.

Le lac des Graviers, le lac Kelly puis le lac Richardson... Dans le temps de le dire se retrouvèrent derrière moi ces nouveaux développements qui jalonnent la rive nord et si nos soirées du mercredi s'étaient poursuivies, il est certain que nous aurions abordé un jour ces quartiers résidentiels regroupés en oasis disséminés un peu partout sur le territoire. Nous les appelions le royaume des autobus scolaires... Et nous voulions signifier par là que ceux qui avaient choisi ces coins retirés avaient des familles avec des chiens, des bateaux, des autos avec des stéréos, des piscines avec des systèmes de chauffage, mais qu'ils ne se baladaient jamais sur les toits des villes la nuit.

À tout prendre, nous étions mieux dans notre monde d'impasses et de ruelles, le plus beau, et qui était celui où nous avions grandi. C'est toujours comme ça, pensai-je, on rêve, on se rebelle, puis finalement on doit aimer ce qu'on a connu.

Rester ?

Les moustiques du soir me tournaient autour de la tête et si le simple fait d'avoir couru sur les toits de la ville nous avait épuisés, qu'en aurait-il été lorsque nous aurions eu le sable du désert dans la bouche, le souffle du Ghibli sur nos visages ou, dans l'oreille, le cri de cet oiseau en voie d'extinction qui habitait les forêts du Brésil ?

Peut-être que jusqu'à cet instant où le soleil allait jeter son premier rayon d'or sur le fleuve, il n'avait pas encore su voir toute la beauté du ciel et peut-être aussi que lorsqu'il avait voulu attraper le jour à bras le corps, il s'était retrouvé devant un combat trop grand pour lui, inutile, aussi bête et vide de sens qu'un coup d'épée dans l'eau?

Sainte-Claire, Saint-Antoine, Malachie... le même nom qu'un des personnages du roman de James Joyce...

Le monde autour avec ses lacs et ses nuages, ses longues autoroutes d'asphalte et ses chaînes de montagnes...

Il y a moins de cent kilomètres de Québec à la frontière.

Était-ce, encore une fois, pour ne pas franchir ces zones de fleuves et de rivières qu'il s'était jeté dans le vide? Ou bien, comme j'ai été porté à le croire par la suite, était-ce pour y arriver, à cette frontière que nous imaginions coiffée de barbelés, qu'il y avait eu cet accident?

La terre avec ses fleuves et ses rivières, ses arbres et ses montagnes, mais aussi le monde des villes et des lampadaires, des chemins et des poteaux de téléphones, des affiches publicitaires comme Julep qui s'allument et s'éteignent dans la nuit.

L'école et les vacances.

Une ville où un camion s'en va livrer son lait le matin, avec une Mustang qui tourne dans une ruelle sous le battement d'aile d'une chauve-souris... Et une musique qui court entre les pierres, qui erre un temps et qui revient, comme pour rappeler inlassablement à son héros: « Tu ne le feras pas... »

Il ne me reste plus rien de tout cela aujourd'hui.

Le monde est une boule sur un axe et quand on étend la main à sa surface, toute la sphère bascule et la main se retrouve de l'autre côté.

☐

Au soir, je fus au pied de la montagne. Au frais et sans ressentir de véritable fatigue. Certes, j'avais bien quelques picotements dans les jambes et, à force d'avoir marché, mes bottes me laissaient la double impression d'être devenues trop grandes et trempées... pourtant je me sentais bien en place pour quelqu'un qui avançait depuis la veille et j'en arrivais même, lorsque je relevais la tête pour prendre une bouffée d'air, à oublier que je n'avais pas dormi. C'était l'heure où les arbres créent des ombres sur les versants pentus des collines, et devant les premières étoiles qui pointaient à l'horizon, peut-être le temps était-il venu de baisser les bras et de me reposer.

Tout aux alentours annonçait la fin de la course, comme tout annonce la fin de la course, me semble-t-il, lorsqu'il devient évident qu'il n'y aura plus rien à entreprendre avant le bilan de la journée.

Aussi continuai-je en ligne droite et lorsque j'arrivai devant une rangée d'arbres qui, de toutes les époques, avait dû constituer la forêt des origines, je restai immobile et silencieux, comme en attente devant le tronc d'un résineux plus haut que les autres auquel était accroché un vieil écriteau. Rester? Continuer? Oublier?

Le frottement métallique de sa vieille tôle rouillée venait rompre l'harmonie du soir parce que dans la vie, chaque fois qu'on se retrouve devant quelque chose de propre, c'est comme si un élément extérieur faisait tout en son pouvoir pour venir nous en détourner.

« La Porte du Nord », était-ce possible ? À quelque deux mètres du sol, avec des lettres que les ans avaient fini par décolorer, le vieil arbre affichait son message entre des branches s'agitant pour venir créer des milliers de signes.

Et c'est celui-là que je choisis, ce grand pin blanc, droit comme une flèche et dont la tête, à ce qu'il me semblait, montait plus haut que les autres pour aller jusqu'à toucher le ciel.

Kerguelen, Gough ou Puka Puka glissant avec le vent... Et Madras, Bali ou Lebel-sur-Quévillon, tous ces lieux magiques perdus dans le noir...

Cayenne, Buenos Aires ou Sakhaline, des mots qui semblaient se poser comme le nom des villes sur les couleurs des cartes lorsqu'en continuant de me hausser de mètre en mètre, j'eus l'impression que la soirée qui perdait des degrés donnait maintenant plus d'air à respirer. Le contraire de ce qui se serait produit si j'avais grimpé en plein jour, il me semble, bras nus sous le soleil d'été... L'odeur de pinède ressortait fortement et après bien des tentatives, j'atteignis la cime de l'arbre à cette minute précise où on ne sait plus si c'est encore le jour ou bien la nuit. Dix heures, peut-être plus ? Quelle heure peut-il bien être lorsqu'en début d'été le panneau indicateur de la forêt marquant les origines du monde est sur le point de sombrer dans le noir ? Ces questions, il les aurait lui-même formulées, j'en restais convaincu, car il était celui qui posait toujours des questions pour savoir.

Aussi, pour ne rien perdre de ce que nous avions été, dans un geste à 180 degrés, je me retournai vers la ville.

Au loin, Québec se dressait, orgueilleuse et fière, brillante et oublieuse de son passé. Les tours du château Frontenac et le mur d'enceinte venaient de s'allumer pour le plaisir des touristes et des promeneurs, tandis que la papeterie des Japonais et les cheminées d'usines, veilleuses comme des anges gardiens, avaient repris leur place comme si de rien n'était et comme si, depuis la veille, l'espace d'une nuit avait été englouti avec le reste. C'est intriguant, une ville, vue de loin. Aussi dans la foulée des constructions du quartier Saint-Roch, je me mis en quête d'une fenêtre brillant d'un éclat différent des autres, mais rien n'y fit, la noirceur avait repris la ville et parmi l'ensemble des bâtiments se découpant sur la banlieue, je ne la trouvai pas.

Les phares des automobiles circulant dans tous les sens créaient des lignes de couleur autour de bâtiments parmi lesquels l'hôpital se perdait, et je me mis à suivre des yeux ces bandes tantôt jaunes, tantôt rouges, se croisant pour ensuite s'éloigner les unes des autres et venir se disperser comme les étincelles d'un feu de camp. Deux écoliers du quartier Saint-Roch s'endorment sur un rêve qu'ils n'ont pas su finir. Trois ménagères de Saint-Romuald reviennent de faire des courses dans un centre commercial, tandis qu'un livreur d'huile, une bétonneuse et un camion au lettrage d'une vitrerie spécialisée attendent patiemment qu'accoste le traversier qui relie Québec à la rive sud pour rentrer chez eux. Une torpeur profonde avait recouvert la ville et de quelque côté qu'on la regardait, les quartiers et les édifices formaient un bloc, semblant s'agglutiner les uns aux autres pour devenir une masse impénétrable et faire front contre tout ce qui leur était étranger. Sans avertir, la ville avait repris le rythme qui était le sien, régulier, sans véritables soubresauts, et comme j'allais me laisser aller à l'imaginer froide et suffisante, éliminant par le fait même tout espoir d'un retour, je l'aperçus, elle, brillante et comme isolée dans le noir. Je l'avais oubliée. Pourtant, sans m'en vouloir et avec une infinie patience, elle était descendue des plaines, pour s'en venir reprendre sa place, là où nous la connaissions depuis notre enfance, dans le ciel de la Basse-Ville de Québec.

Le vent ramena un air d'accordéon jusqu'au pied de la montagne et la grande roue se remit à tourner, lumineuse comme avant.

Et je crois que j'ai souri.

CET OUVRAGE
COMPOSÉ EN GALLIARD CORPS 12 SUR 14
A ÉTÉ ACHEVÉ D'IMPRIMER
LE DIX NOVEMBRE MIL NEUF CENT QUATRE-VINGT-DIX-HUIT
PAR LES TRAVAILLEURS ET TRAVAILLEUSES
DES PRESSES DE L'IMPRIMERIE HLN
À SHERBROOKE
POUR LE COMPTE DE
LANCTÔT ÉDITEUR.

IMPRIMÉ AU QUÉBEC (CANADA)